Sisters in Blue / Hermanas de azul

Querencias
Series

Miguel A. Gandert and
Enrique R. Lamadrid,
Series Editors

Querencia is a popular term in the Spanish-speaking world that is used to express a deeply rooted love of place and people. This series promotes a transnational, humanistic, and creative vision of the US-Mexico borderlands based on all aspects of expressive culture, both material and intangible.

Also available in the Querencias Series:

Aztlán: Essays on the Chicano Homeland, Revised and Expanded Edition edited by Rudolfo A. Anaya, Francisco A. Lomelí, and Enrique R. Lamadrid

Río: A Photographic Journey down the Old Río Grande edited by Melissa Savage

Coyota in the Kitchen: A Memoir of New and Old Mexico by Anita Rodríguez

Chasing Dichos through Chimayó by Don J. Usner

Enduring Acequias: Wisdom of the Land, Knowledge of the Water by Juan Estevan Arellano

Hotel Mariachi: Urban Space and Cultural Heritage in Los Angeles by Catherine L. Kurland and Enrique R. Lamadrid; Photographs by Mihuel A. Gandert

Sagrado : A Photopoetics Across the Chicano Homeland by Spencer R. Herrera and Levi Romero; Photographs by Robert Kaiser

Sisters in Blue

Sor María de Ágreda
Comes to New Mexico

Hermanas de azul

Sor María de Ágreda
viene a Nuevo México

Anna M. Nogar
Enrique R. Lamadrid

ILLUSTRATIONS BY
Amy Córdova

UNIVERSITY OF NEW MEXICO PRESS • ALBUQUERQUE

© 2017 by Anna M. Nogar and Enrique R. Lamadrid
All rights reserved. Published 2017
Printed in China
22 21 20 19 18 17   1 2 3 4 5 6

Library of Congress Cataloging-in-Publication Data
Names: Nogar, Anna M., author. | Lamadrid, Enrique R., author. | Córdova, Amy, illustrator.
Title: Sisters in blue : Sor María de Ágreda comes to New Mexico = Hermanas de azul :
Sor María de Ágreda viene a Nuevo México / Anna M. Nogar and Enrique R. Lamadrid ;
illustrations by Amy Córdova.
Other titles: Hermanas de azul
Description: First edition. | Albuquerque : University of New Mexico Press, 2017. |
Series: Querencias series | Summary: In the early 1600s, imagines an encounter between a Pueblo woman
and Sister María de Jesús de Ágreda, New Mexico's famous Lady in Blue, during the nun's mystical
spiritual journeys. | Includes bibliographical references.
Identifiers: LCCN 2016038227 | ISBN 9780826358219 (printed case : alk. paper) | ISBN 9780826358226 (electronic)
Subjects: LCSH: María de Jesús, de Ágreda, sor, 1602-1665—Juvenile fiction. | CYAC: María de Jesús, de Ágreda,
sor, 1602–1665—Fiction. | Nuns—Fiction. | Missionaries—Fiction. | Pueblo Indians—Fiction. | Indians of
North America—New Mexico—Fiction. | New Mexico—History—To 1848—Fiction. | BISAC: JUVENILE
NONFICTION / Biography & Autobiography / Religious (see also Religious / Christian / Biography &
Autobiography). | JUVENILE NONFICTION / History / United States / State & Local.
Classification: LCC PZ73 .N664 2017 | DDC [Fic]—dc23
LC record available at https://lccn.loc.gov/2016038227

Cover illustration by Amy Córdova
Designed by Felicia Cedillos
Composed in Palatino 10.5/17

For Nico and Eva, with all my love.

AMN

 # Contents

Acknowledgments   vii

Querencias Series Editor's Notes   ix
ENRIQUE R. LAMADRID

Agradecimientos   viii

Notas del Editor de la Serie Querencias   xi

Sisters in Blue | *Sor María de Ágreda Comes to New Mexico*   1
ANNA M. NOGAR AND ENRIQUE R. LAMADRID

Hermanas de azul | *Sor María de Ágreda viene a Nuevo México*   1

Cultivating Legend and Connecting Places | *The History behind the Encounter of Sor María and Paf Sheuri*   51
ANNA M. NOGAR

Cultivando leyendas y conectando lugares | *La historia detrás del encuentro de Sor María y Paf Sheuri*   59

Glossary

Etymologies

Bibliography

Glosario   67

Etimologías   73

Bibliografía   75

Acknowledgments

Heartfelt thanks to the people who helped us bring this book to light. To artist Amy Córdova, whose images capture the essence of our story so beautifully. To Carolyn Meyer and Michael A. Thomas for their advice on characters, symmetry, and narrative flow. To Mexicano poets and colleagues Héctor Contreras López and Carmen Julia Holguín Chaparro for help in refining the Spanish texts. To Marlene Lente, Erin Debenport, and Ted Jojola, whose thoughtful insights into Pueblo languages and culture helped bring Paf Sheuri to life.

We acknowledge the University of New Mexico's Center for Regional Studies for its steadfast and generous support of the Querencias Series and the artwork of this book. Our editor, Clark Whitehorn, was invaluable in refining the project. The University of New Mexico Press's ongoing commitment to culturally informed, multilingual children's books is a tribute to our diverse communities.

Most of all, we thank our families and friends, who make writing a book—and everything else—meaningful and worthwhile.

Agradecimientos

Gracias a todas las personas que nos ayudaron a llevar este proyecto a cabo. A la artista Amy Córdova, cuyas hermosas imágenes captan la esencia de nuestro cuento. A Carolyn Meyer y Michael A. Thomas por sus consejos sobre personajes, simetrías y ritmos narrativos. A los colegas y poetas mexicanos, Héctor Contreras López y Carmen Julia Holguín Chaparro, por su asesoría de los textos en español. A Marlene Lente, Erin Debenport y Ted Jojola, cuyo profundo conocimiento de las lenguas y culturas de los pueblos indígenas de Nuevo México ayudó a animar a Paf Sheuri.

Reconocemos al Centro de Estudios Regionales (CRS) de la Universidad de Nuevo México por su apoyo fiel y generoso de la Serie Querencias y el arte de este libro. Nuestro apreciado editor, Clark Whitehorn, nos ayudó a refinar el proyecto. El compromiso continuo de la Editorial de la Universidad de Nuevo México a los libros culturalmente informados y multilingües para niños es un tributo a nuestras diversas comunidades.

Más que todo, agradecemos a nuestras familias y amigos que hacen que la labor de hacer un libro—y todo lo demás—tenga valor y sentido.

Querencias Series Editor's Notes

ENRIQUE R. LAMADRID

The story of the Venerable Sor María de Jesús de Ágreda (1602–1665), New Mexico's "Lady in Blue," is usually told as a part of the narrative of Franciscan evangelization, Spanish colonialism, and the campaign for her sainthood, which began within a few years of her death in 1665. There is a deeper story implied in the documents of Fray Alonso de Benavides's interview with her in 1631, the transcripts of her interrogation by the Holy Office of the Inquisition, her letters, and most importantly, in the writings and practices of Franciscan missionaries sent to the northern borderlands of New Spain, including New Mexico. During her lifetime, Soror (Sister) María de Jesus discussed her spiritual travel and her interactions and conversations with indigenous people in New Mexico and Texas in a very circumspect and cautious manner, careful of whom she shared her experiences with lest they be misunderstood. In some of her writings, Sor María would describe the geographies of the heavens and earth and the peoples inhabiting the earth's farthest reaches. The legend of the Lady in Blue continues in cultural memory and in imagination. This book with its companion

historical essay re-creates for youthful readers and their mentors an imagined event—the very first of these conversations that takes place in New Mexico on June 24, 1620, the feast day of midsummer and the feast of San Juan in the Gregorian calendar. Based on Sor María's writing, this encounter is placed outside the more familiar narrative contexts of Spanish colonialism in New Spain.

Our aim for this story is to tell a tale of communication between cultures and languages. The bilingual format puts two colonial languages—English and Spanish—side by side. In our contemporary linguistic landscape, English dominates and subordinates the languages that surround it in true imperial fashion. When Spanish was the *lingua franca*, or common language, of the land, it behaved in a similar manner. In our own times, Spanish is in recovery mode in New Mexico. We include some Spanish in the English text because switching between languages is common in the everyday speech of Hispano New Mexicans.

To honor and respect the Tompiro language, which is only a distant memory, a few words from Southern Tiwa, the language and dialect thought to be closest to it, are used in the text. When the people of Cueloze abandoned their pueblo in 1672, they took refuge and assimilated with their Piro and Tiwa cousins in the central Río Grande Valley. Other Native words in the story come from Northern Tiwa, Tewa, and Keres. Through their use, we seek to honor the Pueblo heritage, language, and history of New Mexico.

Notas del Editor de la Serie Querencias

ENRIQUE R. LAMADRID

La historia de la Venerable Sor María de Jesús de Ágreda (1602–1665), la "Monja Azul" de Nuevo México, se suele contar como parte de la narrativa de la evangelización franciscana, el colonialismo español y las campañas a favor de su santidad, que empezaron dentro de pocos años después de su muerte en 1665. Hay una historia más profunda que se vislumbra en los documentos de su entrevista con Fray Alonso de Benavides en 1631, los transcritos de su interrogación del Santo Oficio de la Inquisición, sus cartas y lo más importante, en los escritos y prácticas de los misioneros franciscanos mandados a las tierras fronterizas de la Nueva España, incluyendo Nuevo México. Durante su vida, Sor (hermana) María hablaba de sus viajes espirituales y sus interacciones y conversaciones con la gente indígena de Nuevo México y Texas en una manera cautelosa y prudente, cuidando con quien compartía sus experiencias para que no se malinterpretaran. En algunos de sus escritos, Sor María describía la geografía de los cielos y la tierra y la gente que habitaba los lugares más lejanos de la tierra. La leyenda de la Monja Azul continúa en la memoria cultural y en la imaginación. Este libro con el ensayo que lo acompaña recrea para lectores jóvenes y sus mentores un evento imaginado—la primera de estas conversaciones en Nuevo México el 24 de junio de 1620, el día de

pleno verano y la fiesta de San Juan en el calendario gregoriano. Basado en los propios escritos de Sor María, este encuentro se ubica fuera de los contextos narrativos más familiares del colonialismo español en la Nueva España.

Nuestra intención para la historia es de contar un cuento de comunicación entre culturas y lenguas. El formato bilingüe coloca a dos lenguas coloniales—el inglés y el castellano—cara a cara. En nuestro paisaje lingüístico actual, el inglés domina y subordina las lenguas que lo rodean en verdadero modo imperial. Cuando el castellano fue la *lingua franca* o lengua común de la tierra, se portaba de una manera igual. En nuestros propios tiempos, el castellano está en plan de recuperación. Incluimos un poco del castellano en los textos ingleses, porque el cambio de código es común en el hablar popular de los hispanos nuevomexicanos.

Para honrar y respetar la lengua tompiro, una memoria distante, usamos en el texto algunas palabras del tiwa del sur, la lengua y dialecto más aparentado. Cuando la gente de Cueloze abandonó su pueblo alrededor de 1672, se refugió y asimiló a sus primos piro y tiwa en el valle central del Río Grande. Otras palabras del cuento vienen de los idiomas tiwa del norte, tewa y queres. Con su uso, buscamos honrar la herencia, lenguas e historia de los pueblos nativos de Nuevo México.

Sisters in Blue / Hermanas de azul

Sor María de Ágreda Comes to New Mexico / Sor María de Ágreda viene a Nuevo México

ANNA M. NOGAR AND ENRIQUE R. LAMADRID

In 1620 Midsummer's Day dawned in a shaded convent garden in the town of Ágreda in northern Spain. The sun rose above the nearby mountain peaks of Aragón, illuminating clouds like the petals of a glowing rose. From the plains of Castilla to the west, a flock of noisy finches and sparrows flew over high stone walls into the patio. A young woman in a nun's habit sat by a fountain, singing to the water:

> On Saint John's morning
> three hours before dawn,
> I went out walking
> through a flowery garden.

> "Blessed are the waters of Saint John
> on his feast day," she whispered.

En el año de 1620, amanecía el día de mediados del verano en el sombreado jardín de un convento en el pueblo de Ágreda, en el norte de España. El sol se elevaba sobre los cercanos picos de Aragón, iluminando las nubes como pétalos de una rosa encendida. Desde las llanuras de Castilla hacia el oeste, una ruidosa bandada de pinzones y gorriones voló sobre los altos muros de piedra hasta el interior del patio. Una joven mujer en hábito de monja estaba sentada al lado de una fuente, cantándole al agua:

> La mañana de San Juan
> tres horas antes del día,
> salíme a pasear
> por una huerta florida.

> —Benditas las aguas de San Juan en su día de
> fiesta—, susurró.

She loved the cool early morning after the convent bells announced dawn prayers and before the sisters gathered for breakfast. In June the dry heat of day would arrive just after noon. In the garden *romero* (rosemary) and *lavanda* (lavender) thrived in the blazing summer sun with little water. Their comforting scents soothed and cleared her thoughts and saturated her clothes. Since she did not need her blue woolen cloak in the hot weather, she had washed it the previous day and spread it on the rosemary bushes to dry.

Before breathing in the scents of the garden and its waters, she had been praying in her cell since midnight. Her back and legs were stiff and sore. Kneeling kept her alert and focused on her devotions. Her petitions in those dark hours were as numerous as her doubts and fears.

María Coronel worried about the growing troubles that threatened her town, her family, her country. Poverty, hunger, and pestilence had stalked the people of Spain in recent years. Rising taxes drove people off the land and into overcrowded cities. Now even wheat was imported, while fertile fields lay fallow.

A ella le encantaba la fresca madrugada después de que las campanas del convento anunciaban los rezos del alba y antes de que las hermanas se reunieran para desayunar. En junio el seco calor llegaba justo después de mediodía. En el jardín el romero y la lavanda crecían con poca agua bajo el implacable sol del verano; su reconfortante aroma calmaba y aclaraba sus pensamientos, saturando su ropa. Como con ese calor no necesitaba su capa azul de lana, el día anterior la había lavado y tendido a secar sobre las matas de romero.

Antes de respirar los aromas del jardín y sus aguas, había estado rezando en su celda desde la medianoche, por lo que sentía su espalda y sus piernas rígidas y adoloridas. Estar hincada la mantenía alerta y enfocada en su devoción. En esas horas oscuras, sus peticiones eran tan numerosas como sus dudas y sus temores.

María Coronel estaba preocupada por los crecientes problemas que amenazaban a su familia, su pueblo y su país. La pobreza, el hambre y la peste habían acechado a los españoles en años recientes. El aumento de los impuestos empujaba a la gente del campo hacia las ciudades, ya sobrepobladas. Ahora hasta el trigo era importado, mientras los campos fértiles yacían barbecho.

María cultivated hope in the same way she grew the flowers in her garden. She drank a cup of water from the fountain and gave the sweet-smelling roses a sip as well. They were always much thirstier than the other plants.

María cultivaba la esperanza de la misma manera que cuidaba las flores de su jardín. Tomó un jarro de agua de la fuente y les dio un traguito también a las rosas de dulce olor. Siempre tenían mucha más sed que las otras plantas.

She remembered that her father, Francisco, and her brothers would discuss the problems of the day by the same fountain when she was a girl. She hadn't seen them for some time, but she could still hear the echoes of desperation in their voices.

"*¿Qué podemos hacer, qué debemos hacer?* —What can we do? What should we do?"

"*Vamos a la Nueva España, quizás.* —What if we went to New Spain?" argued her brothers, José and Francisco.

Her father shook his head. None of the young men who left Ágreda to seek their fortune had ever returned from the Américas. "*¡Ni oro, ni plata nos salvarán, solamente traen más guerras!* —Neither gold nor silver can save us," he said. "They only bring us more wars!"

Curiously, when ships with treasures and goods arrived from the Américas, everything became more expensive in Ágreda. For local people, fine wool was once a stable source of wealth, but the nearby rangelands were overgrazed, and herds were declining. Families abandoned their farms and villages in alarming numbers. Some young men volunteered for the armies of the Crown, and others were drafted to fight endless wars in the Netherlands, Catalonia, and France. In spite of this, the Américas still beckoned with adventure and opportunity.

Se acordó de su papá, Francisco, y de sus hermanos cuando, siendo niña, discutían los problemas cotidianos al lado de la misma fuente. No los había visto por algún tiempo, pero todavía podía escuchar el eco de la desesperación en sus voces.

—¿Qué podemos hacer? ¿Qué debemos hacer?

—¿Vamos a la Nueva España, quizás?—, alegaban sus hermanos José y Francisco.

Su papá meneaba la cabeza. Ninguno de los jóvenes que había salido de Ágreda para buscar fortuna había vuelto de las Américas, —¡Ni el oro ni la plata nos salvarán, — dijo.—¡Solamente traen más guerras!

Cuando los galeones con sus tesoros y mercancías llegaban de las Américas, curiosamente todo se encarecía en Ágreda. Para los lugareños, la lana fina siempre había sido una fuente de riqueza, pero los pastizales cercanos estaban ya sobrepastoreados, los rebaños disminuían y las familias abandonaban sus granjas y aldeas en números alarmantes. Algunos jóvenes se presentaron como voluntarios en los ejércitos de la Corona y otros fueron reclutados para pelear guerras interminables en los Países Bajos, Cataluña y Francia. A pesar de todo esto, las Américas aún atraían con sus promesas de aventura y oportunidad.

These years of uncertainty and discussions deeply upset María's mother, who turned to prayer for consolation. One summer morning she rushed down from her bedroom after awakening from a vivid dream. The family assembled on the patio.

"Ya no hay cuidado, estamos en las manos de Dios. —Not to worry anymore. Our destiny is in God's hands," her mother sobbed.

A fateful decision was made. The Coronels signed their property over to the Church and turned their home into a convent, keeping its house, fields, and orchards. The entire family took religious vows. María's father and brothers joined Franciscan monasteries in Burgos and Valladolid. María, her sister Jerónima, and their mother, Catalina, stayed in the new convent at home. María added *de Jesús* to her first name after her vows and exchanged her family's surname for the name of village where she was born—Ágreda. Her mother's dream came to pass.

Before leaving, her father gave her a beautiful double-armed silver cross and an unusual rosary that had been on the family altar. María looked through the transparent rock crystal beads and noticed that each one contained a perfect image of

Los años de incertidumbre y las discusiones molestaban profundamente a la mamá de María, que se consolaba en la oración. Una mañana de verano bajó de repente de su habitación después de despertar de un sueño muy vívido. La familia se juntó en el patio.

—Ya no hay cuidado, estamos en manos de Dios,— la mamá sollozó.

La familia tomó una decisión trascendental. Los Coronel donaron sus propiedades a la Iglesia y convirtieron su hogar en un convento, conservando la casona, los campos y los huertos. Toda la familia hizo votos monásticos: su papá y sus hermanos ingresaron en monasterios en Burgos y Valladolid; María, su hermana Jerónima y su mamá, Catalina, se quedaron en casa en el nuevo convento. María añadió *de Jesús* a su nombre de pila y cambió el apellido de la familia por el nombre de su aldea de nacimiento—Ágreda. El sueño de su madre se hizo realidad.

Antes de partir, su papá le regaló una hermosa cruz de plata de cuatro brazos y un rosario excepcional que habían estado en el altar de la familia. María miró a través de las cuentas transparentes de cristal de piedra y notó que cada una contenía

7

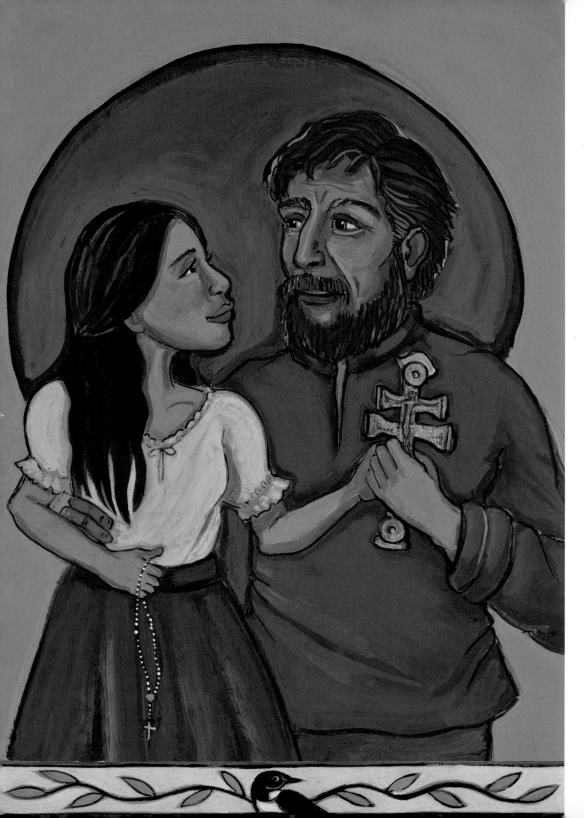

the world, only upside down, the same as in drops of dew. The cross felt solid and reassuring in her hands. He told María, "*Guarda siempre esta cruz. —*Always keep this cross with you. *Si te desvías, siempre te recordará del amor de tu familia. —*If you lose your way, it will remind you of the love of your family. *Así en la tierra como en el cielo. —*As it is in heaven, so on earth below."

una imagen perfecta del mundo, pero al revés, al igual que las gotas de rocío. En sus manos, la cruz se sentía maciza y reconfortante. Él le dijo a María, —Guarda siempre esta cruz. Si te desvías, siempre te recordará el amor de tu familia. Así en la tierra como en el cielo.

Contributions from the community poured in to repair the spacious old house, to enclose the garden and patios into a cloister, and to build a chapel large enough to welcome visitors. Families brought dowries for their daughters to become nuns. María realized that she would never leave the walls of her convent during her lifetime. She knew she would soon become the convent's abbess and immerse herself in its daily chores. But something was still missing in her life.

She wished for news of her brothers and father. She had heard about the new discoveries in the northern desert valleys of Nueva España, especially in fabled Nuevo México, where the brothers of San Francisco had built missions and churches and gathered a *cosecha de almas* (a harvest of souls). María de Jesús de Ágreda had little formal schooling, but the convent was a place of books and learning, as well as prayer. She waited patiently for the insight it would take to understand and live the rest of her life.

María's prayers were bringing answers. Over the months, she began to have fainting spells after mass and during her increasingly fervent devotions. At first her mother and sisters worried

Las contribuciones generosas de la comunidad empezaron a llegar para reparar la antigua casona, cercar el jardín y los patios para convertirlos en un claustro y construir una capilla suficientemente grande para recibir a los visitantes. Muchas familias donaron las tomaran los votos para ser monjas. María se dio cuenta de que nunca saldría de los muros de su convento por el resto de su vida.

Sabía que pronto iba a convertirse en la abadesa del convento y sumergirse en sus quehaceres diarios. Pero todavía faltaba algo en su vida.

María anhelaba recibir noticias de sus hermanos y de su papá. Había oído de los nuevos descubrimientos en los valles desérticos del norte de la Nueva España, especialmente en el fabuloso Nuevo México, donde los hermanos de San Francisco habían construido misiones e iglesias y lograron una gran "cosecha de almas." María de Jesús de Ágreda había tenido poca educación formal, pero el convento era un lugar de libros y aprendizaje, así como de oración. Esperó pacientemente el entendimiento que se requería para comprender y vivir el resto de su vida.

Las oraciones de María comenzaron a traer respuestas. Con el transcurso de los meses, empezó a tener desmayos después de misa y durante sus

about her health and mental state, but María had deep reserves of strength. She reassured them that *una pequeña luz* (a small light) had been kindled within her. The episodes became more frequent. She kept her father's cross close by, and when she awakened from these moments, she was refreshed, her eyes bright and enthusiastic. Everyone sensed strange sweet and rich scents lingering on her clothes. María confided in her mother, "*¡He viajado a otras tierras, pero no sé ni cómo ni a dónde!* —I have traveled to other lands, but I don't know how nor where!"

On this brilliant warm day, she looked forward to the special Midsummer's Mass for San Juan. All of the new babies of Ágreda would come to the convent chapel to be baptized. María shone with happiness.

On the very same midsummer morning, half a world away, far across the stormy Atlantic and eight hundred leagues across North America, a young woman greeted the sun in the arid mountains of central Nuevo México. Following Tanoan Pueblo custom, she placed a pinch of sacred cornmeal into the palm of her hand, blew it gently toward the sun, and sang the chorus of a morning song:

actos de devoción, cada vez más fervientes. Al principio, su mamá y sus hermanas se preocuparon por su salud y su estado mental, pero María contaba con profundas reservas de fortaleza y las tranquilizaba diciéndoles que una "pequeña luz" se había encendido dentro de ella. Los desmayos se hicieron más frecuentes. Le gustaba mantener a la mano la cruz de su papá y, cuando despertaba de los desmayos, se sentía reanimada; sus ojos, llenos de entusiasmo, brillaban. Todo el mundo notaba los extraños aromas dulces y ricos que emanaban de su ropa. María le contaba a su mamá, —¡He viajado a otras tierras, pero no sé ni cómo ni a dónde!

En este brillante y cálido día, esperó con impaciencia la misa especial de mitad del verano de San Juan. Todos los bebés recién nacidos de Ágreda iban a llegar a la capilla del convento para ser bautizados. María resplandecía de felicidad.

Esa misma mañana de mitad del verano al otro lado del mundo, lejos del tempestuoso Atlántico, atravesando ochocientas leguas hasta Norteamérica, una joven saludaba al sol en las áridas montañas del centro de Nuevo México. Siguiendo las costumbres del pueblo tano, se puso una pizca de la sagrada harina de maíz en la palma de la mano, soplándole y lanzándola suavemente hacia el sol, cantó el coro de un cántico de la mañana:

Ana heya ho, enah, heyanna, yo.

In her Tompiro language she sang her prayer.

Blessed be our Father Sun, who never fails
us.
May his light guide us and open the sky road
to bring the Cloud People and summer
rains.

Ana jeya jo, ena, jeyana yo.

En su propia lengua tompira, entonó una
oración:

Bendito sea nuestro Padre Sol, que nunca nos
falla.
Que su luz nos guíe y abra el camino del cielo
al Pueblo de las Nubes y para traer las lluvias
del verano.

She saw the first rays of the sun illuminating her home, the beautiful stone pueblo of Cueloze—Shield Springs—proudly perched on a limestone ridge. All around were sage flats, a fragrant *piñón* (pine) forest, and further below a maze of carefully tended cobble gardens where water puddled when the rains came. She had walked before dawn to her favorite *tinaja*, a small pool of clear water among large rocks inscribed with ancient drawings of dragonflies, which she called *tday-she-khoda*. Sometimes they winged over to the ponds to hunt the little flies and water bugs there. The girl went to wash her hair with suds from the yucca root that she swished around in a bowl. For feast-day dances, her long black hair was loose past her shoulders, shimmering like flowing water when she shook her head.

The young woman was tired from days of preparation for the Midsummer Feast at Cueloze. All the women worked hard grinding *i'yeh* (corn) and hauling water in their large, painted canteens. Since no streams flowed in the area, people channeled every drop of rain and snow into storage. To the north lay a vast, grassy valley with a string of round salt lakes. She always thought they looked like a necklace of white shells stretching into the distance.

Vio los primeros rayos del sol iluminando su hogar, el hermoso pueblo de piedra llamado Cueloze—Manantial del Escudo—posado orgullosamente sobre una cresta de piedra caliza. Alrededor se extendían los chamizales, un fragante bosque de pinos piñoneros y, más abajo, un laberinto de jardines empedrados bien cuidados donde el agua se acumulaba cuando llegaban las lluvias. Había caminado antes del amanecer a su *tinaja* favorita, un pequeño estanque de agua clara entre grandes piedras talladas con antiguos dibujos de libélulas, que ella llamaba *tday-she-khoda*. A veces volaban sobre los charcos para cazar ahí las pequeñas moscas e insectos acuáticos. La joven fue a lavarse el cabello con la espuma de la raíz de yuca que agitaba en un tazón. Para las danzas de las fiestas, su larga caballera negra colgaba debajo de sus hombros, reluciendo como un chorro de agua cuando meneaba la cabeza.

La joven estaba cansada de los días de preparación para la fiesta de mitad del verano en Cueloze. Todas las mujeres del pueblo trabajaban arduamente moliendo el *i'yeh* (maíz) y acarreando agua en sus grandes recipientes pintados. Como no había riachuelos cerca, la gente canalizaba cada gota de agua de lluvia y nieve para almacenarla. Hacia el norte se extendía un ancho valle con praderas y una serie de redondas lagunas salineras. Ella siempre había pensado que, a la distancia, parecían un collar de conchas blancas.

Paf Sheuri's pueblo counted six moons from midwinter. They waited for the sunrise to align with two distant outcrops in the mountains to the east. In its journey south along the horizon, the sun seemed to stop and pause for three days before heading north again. This was the sign to begin the prayerful dancing where faith, knowledge, and tradition converged in song and dance. Then thunderclouds could begin their journey on time, coming from the Great Water of the west to freshen the hot afternoons and quench the thirsty land. More celebrations of thanks would follow since the crops could then thrive on their own with the rainwater pouring down from above. If the arrival of the Cloud People was delayed, more prayers and dance would follow. In times of drought, the gardens would be watered bowlful by bowlful to keep the intertwined corn, squash, and bean plants alive.

The young woman's thoughts turned to the past. Her mother had always told her, "The summer I was carrying you, there was so much spring rain, the whole valley bloomed with blue vine flowers. So, we named you Paf Sheuri, Blue Flower. You are the flower of our youth, of our new beginning."

Paf Sheuri was fascinated and frightened by the

El pueblo de Paf Sheuri contaba seis lunas desde la mitad del invierno. Esperaban hasta que el sol, al amanecer, se alineara con dos distantes afloramientos en las montañas al este. En su viaje hacia el sur a lo largo del horizonte, el sol parecía detenerse y hacer una pausa por tres días antes de dirigirse de nuevo hacia el norte. Esta era la señal para comenzar las devotas danzas, en las que la fe, el conocimiento y la tradición convergían en el canto y la danza. Entonces las nubes de tormenta podrían comenzar su viaje a tiempo, desde el gran océano del oeste para refrescar las calurosas tardes y saciar la tierra sedienta. Más celebraciones de agradecimiento iban a seguir, ya que las siembras podían crecer solas, con el agua de lluvia cayendo del cielo. Si la llegada del Pueblo de las Nubes se tardaba, más oraciones y danzas seguirían. En tiempos de sequía, los jardines se regaban a jicarazos para mantener vivas las entrelazadas plantas de maíz, calabaza y frijol.

Los pensamientos de la joven se volvieron hacia el pasado. Su madre siempre le había dicho, — Durante el verano que estuve embarazada de ti, hubo tanta lluvia en la primavera, que en el valle entero brotaron enredaderas de flores azules. Por eso te nombramos *Paf Sheuri*, Flor Azul. Eres la flor de nuestra juventud, de nuestro nuevo principio.

A Paf Sheuri le fascinaban y le atemorizaban las

stories her mother and aunts told her, how she was part of a new era at Cueloze.

"Your grandmother took refuge here with the survivors from the first war with the Cuacu invaders, the Metal People, sixty years ago. Their bodies and heads reflected the sun like giant beetles. They brought fierce war dogs and rode on huge, hornless deer they call *caballos* that chewed on bars of metal. But they were really people dressed in strange clothing—shiny hollow armor, woven-chain shirts, and helmets, hard as stone, which deflected our warriors' arrows, spears, and rocks. They had fearsome weapons—sharp, unbreakable blades and hollow metal tubes that spit fire. Over and over, they said "Castilla" and "España" as they pointed to themselves. We also call them *xlafan* because the men have so much hair on their faces. Our cousins, the Tewas, call them Cuacu, for they dress in metal, fight with metal, and are always digging in the mountains for mines and searching for metal in the stones and sand. Before they left, they destroyed the villages of Tiguex by the Great River, the homes of the Tiwas, our cousins to the north."

Paf Sheuri remembered the rest of the history. After the war, groups of refugees migrated across

historias que su mamá y sus tías le contaban, de cómo ella era parte de una nueva era en Cueloze,

—Tu abuela se refugió aquí con los sobrevivientes de la primera guerra con los invasores *cuacu*, la Gente de Metal, hace sesenta años. Sus cuerpos y su cabeza reflejaban el sol como gigantescos escarabajos. Traían consigo feroces perros de guerra y montaban venados sin cuernos que llaman *caballos* y que mordían barras de metal. Pero en realidad era gente vestida con ropa extraña—reluciente armadura hueca, camisas de cota de malla y yelmos, duros como la roca, que desviaban las flechas, lanzas y piedras de nuestros guerreros. Ellos tenían armas aterradoras—espadas filosas que no se quebraban y tubos huecos de metal que escupían fuego. Decían una y otra vez, —*Castilla* y *España*— mientras se señalaban unos a otros. También los llamamos *xlafan*, porque los hombres tienen mucho pelo en la cara. Nuestros primos tewas los llaman cuacu, porque se visten de metal, pelean con metal y siempre andan buscando y excavando en las montañas minas y metal en las piedras y en la arena. Antes de irse, destruyeron las aldeas de Tigüex, junto al Río Grande, la tierra de los tiwa, nuestros primos del norte."

Paf Sheuri recordaba el resto de la historia. Después de la guerra, grupos de refugiados

the mountains to Cueloze to begin again, bringing new customs and ideas. They built an imposing square pueblo right on top of the round ancestral pueblo, with secret access to some of the rooms in the labyrinth below. A magnificent communal square, or Middle Heart Place as they called it, sheltered two underground *kivas*, whose ladders symbolized the way the people had come into this world from below. The large outdoor space opened to the sky, surrounded by strong buildings all around. Men gathered in the kivas for ceremonies and discussions. Women visited in the square for their daily work. Children ran and played everywhere.

The newcomers at Cueloze were especially devoted to the *katsinas*, the protective spirits of the ancestors, and taught their hosts to paint their masked figures on their pottery. Since she was a girl, Paf Sheuri loved to work with clay and skillfully drew the beautiful geometrical designs of the old Cueloze pottery. But her truest talent was painting the new designs of masks, feathers, clouds, stars, and her favorite—the wavy lines of flowing water.

emigraron a través de las montañas a Cueloze para empezar de nuevo, llevando nuevas costumbres e ideas. Construyeron un imponente pueblo en forma de cuadro justo encima del pueblo redondo ancestral, con acceso secreto a algunas de las habitaciones del laberinto que estaba debajo. Una magnífica plaza comunal o *Lugar en medio del Corazón*, como la llamaban, albergaba dos *kivas* subterráneas, cuyas escaleras simbolizaban la vía que la gente había tomado para llegar a este mundo desde abajo. El gran espacio exterior se abría hacia el cielo, rodeado por fuertes edificios. Los hombres se juntaban en las kivas para participar en ceremonias y discusiones. Las mujeres se juntaban e iban a la plaza para hacer su trabajo diario. Los niños corrían y jugaban por todas partes.

Los recién llegados a Cueloze eran especialmente devotos de sus *katsinas*, los espíritus protectores de los antepasados y les enseñaron a sus anfitriones a pintar sus figuras enmascaradas en su cerámica. Desde que era niña, a Paf Sheuri le encantaba trabajar el barro y dibujaba con destreza los bellos diseños geométricos de la antigua cerámica de Cueloze. Pero su verdadero talento era pintar los nuevos diseños de máscaras, plumas, nubes, estrellas y, su favorito—las líneas onduladas del agua en movimiento.

Paf Sheuri also heard the stories of her father, uncles, and brothers, told in song-and-dance drama:

"We are people of the i'yeh, and grandchildren of the ancestral spirits who bring the clouds and rain that let the corn grow and sustain our lives. We built Cueloze, our Shield Springs citadel, to protect our precious water and the passage to the Great Plains. We share in the life strength of the buffalo, the *cibulu*, which we hunt for ourselves and for others. We are children of Salt Woman, who asked us to watch over her white lakes and provide her salt to all who need it. We are traders to other peoples of the earth."

Two years before Paf Sheuri was born, the Metal People returned to Nuevo México with their families, following the valley of the Great River, but settled far to the north. Eventually, they began to visit Cueloze, and the pueblo despaired. Paf Sheuri's grandmother told her, "Do not be afraid. We are blessed with peace in our fortress pueblo. The Cuacu, those hairy Xlafan, are dangerous, but this time they have brought their wives and children, their animals, and all their favorite seeds. And besides, they live so far away."

Grandmother was ever hopeful, since she had survived the first war with the Cuacu. She knew

Paf Sheuri también escuchaba las historias de su papá, sus tíos y sus hermanos, contadas en forma de cantos y danza dramática:

—Somos la gente del i'yeh y nietos de los espíritus ancestrales que traen las nubes y la lluvia, las cuales permiten que el maíz crezca y dé sustento a nuestras vidas. Nosotros construimos Cueloze, nuestra ciudadela del Manantial del Escudo, para proteger nuestra preciosa agua y el pasaje hacia las Grandes Llanuras. Compartimos la fuerza vital del *cibulu*, el bisonte que cazamos para nosotros y para los demás. Somos los hijos de la Mujer de Sal, quien nos pidió que vigiláramos sus blancos lagos y proveyéramos de su sal a todos los que la necesitaran. Somos negociantes para otros pueblos de la tierra.

Dos años antes del nacimiento de Paf Sheuri, la Gente de Metal regresó a Nuevo México con sus familias, siguiendo el valle del Río Grande, pero se establecieron muy al norte. Con el tiempo, empezaron a visitar Cueloze y la gente empezó a perder la esperanza. Su abuela le dijo: —No tengas miedo. Hemos sido bendecidos con la paz en la fortaleza de nuestro pueblo. Los cuacu, esos xlafan peludos, son peligrosos, pero esta vez han traído a sus esposas e hijos, sus animales y todas sus semillas favoritas. Y además, viven muy lejos.

Como la abuela había sobrevivido la primera

the foreigners had not yet discovered Cueloze's southern road, which led from the pueblo to where the River of Shells joined the Great River—the province of the Jumano people, famous traders of the southern plains who painted black stripes on their faces and bodies.

When the Cuacu returned with their Mexican Indian allies, people tasted the new foods from the south—the tasty wheatgrass, the piquant *chiri* or *chile*, and the greatest treat of all, *xlafah pah*, sweet melons from España and Persia. They even brought little trees and bushes that yielded abundant sweet fruit every year! Pueblo farmers were anxious to try everything out, but the constant worry was water, which in Cueloze only came from the sky or from the tinajas.

Paf Sheuri nodded in agreement. "I have seen the Cuacu, Grandmother. They ride their horses and carry metal weapons, but now their clothes are made from the wooly hair of their sheep, not the metal they used to wear."

Despite grandmother's soothing words, Paf Sheuri knew that there were ominous signs all around. The menace of drought was a dire concern, but at least prayers, offerings, and dance helped. But what would the return of the Metal

guerra con los cuacu, siempre era optimista. Sabía que los extranjeros no habían descubierto aún el camino del sur de Cueloze, que iba del pueblo hasta donde el Río de las Conchas se juntaba con el Río Grande—la provincia de los jumanos, famosos comerciantes de los llanos del sur, a quienes les gustaba pintarse la cara y el cuerpo con líneas negras.

Cuando los cuacu volvieron con sus aliados, los indios mexicanos, la gente probó los nuevos alimentos del sur—la sabrosa hierba de trigo, el picante *chiri* o chile y el mejor manjar de todos, *xlafa pah*, el melón dulce de España y Persia. ¡Incluso trajeron pequeños árboles y arbustos que daban abundante fruta dulce todos los años! Los agricultores de los pueblos estaban ansiosos por probarlo todo, pero la constante preocupación era el agua, que en Cueloze solo venía del cielo o de las tinajas.

Paf Sheuri asintió. —He visto a los cuacu, abuela. Montan sus caballos y portan armas de metal, pero ahora su ropa está hecha del lanudo pelo de sus borregos, no del metal que solían usar.

A pesar de las reconfortantes palabras de su abuela, Paf Sheuri sabía que había señales ominosas por todas partes. La amenaza de la sequía siempre era una grave preocupación, pero por lo

People bring? Even though they had little interest in Cueloze itself, the nearby *salinas* (salt lakes) had attracted their attention because they needed great quantities of salt to refine the metals they were mining in the south. Soldiers had come to take the salt and force young Pueblo men to load it in leather bags and pack the mule trains, which took it to Great River road, the Camino Real.

One of the workers who had been conscripted was Paf Sheuri's husband, Shurpoyo, Colors of Sunrise. They had been married for less than a year. He complained bitterly to the elders, "Why should we work so hard when we get nothing in return? Not even food!"

His grandfather answered him, "Our best reward is peace. We are grateful for your work because the Cuacu leave us alone."

But the Metal People demanded labor to excavate their mines in the south. Mining was hard, dangerous work that nobody would do of their own free will. Slaves were the only alternative. The Cuacu were forbidden by the Spanish

menos los rezos, las ofrendas y danzas siempre ayudaban. Pero ¿qué traería el regreso de la Gente de Metal? Aunque tenían poco interés en Cueloze mismo, los cercanos lagos salineros, o salinas, como ellos los llamaban, habían llamado su atención, porque necesitaban grandes cantidades de sal para refinar los metales que estaban extrayendo en el sur. Los soldados habían venido para llevarse la sal y obligar a los jóvenes Pueblo a ponerla en bolsas de cuero y a empacar las recuas de mulas que la llevaban al camino del Río Grande, el Camino Real.

Uno de los trabajadores que había sido reclutado a la fuerza fue el esposo de Paf Sheuri, Shurpoyo, Colores del Alba. Habían estado casados por menos de un año. Él se quejó amargamente con los ancianos, —¿Por qué debemos trabajar tan arduamente cuando no recibimos nada de recompensa, ni siquiera comida?

Su abuelo le contestó, —Nuestra mejor recompensa es la paz. Estamos agradecidos por tu trabajo porque así los cuacu no se meten con nosotros.

Pero la Gente de Metal también requería trabajadores para excavar sus minas en el sur. El trabajo en las minas era difícil y peligroso y nadie quería hacerlo por su propia voluntad. La única alternativa

government and church to enslave the peaceful peoples of the pueblos. The fierce, nomadic Ndé (Apaches) of the plains could be enslaved only after defeat in battle. The Apaches had previously been friends and trading partners with Cueloze. Now they blamed the Pueblo people for their misfortune and accused them of being allies of the Metal People. They began to attack travelers between the pueblos, although they hadn't yet dared to attack the villages.

At the tinaja, Paf Sheuri's wet hair glistened in the sun as tears ran down her face. She was still in mourning. One of the casualties in the last attack had been her husband, Shurpoyo. He had died of an arrow wound while near one of the salt lakes. For the Midsummer Feast, she would wear one of the cotton dresses that he had spun and woven for her. It was freshly laundered, spread over sage bushes to gather their strong scent. Around her neck, she wore a small leather pouch, fragrant with bittersweet *oshá*—the sacred water root from high mountain rivers and springs that brought healing and protection to the people.

As the sun began to climb in a cloudless sky, she tied a small eagle feather in her hair. A slight breeze dried her tears. She noticed a new combination of unusual, earthy scents, like strange pine

era usar esclavos. Pero el gobierno español y la iglesia les habían prohibido a los cuacu esclavizar a la gente pacífica de los pueblos. Los feroces nómadas de los llanos, los *ndé* (apaches), podían ser esclavizados pero solo después de ser derrotados en batalla. Los apaches habían sido previamente amigos y compañeros en el comercio con Cueloze. Ahora les echaban la culpa a la gente de los pueblos por su desgracia y los acusaban de ser aliados de la Gente de Metal. Empezaron a atacar a los que viajaban entre los pueblos, aunque no se habían atrevido a atacar las aldeas.

En la tinaja, el cabello mojado de Paf Sherui brillaba al sol mientras las lágrimas le caían por la cara. Todavía estaba de duelo. Uno de los caídos en el último ataque había sido su esposo, Shurpoyo. Había muerto de una herida de flecha cerca de uno de los lagos de sal. Para la fiesta de mitad del verano, Paf Sherui llevó uno de los vestidos de algodón que él había hilado y tejido para ella. Había sido recién lavado y tendido sobre unos chamizos para absorber su fuerte aroma. Alrededor de su cuello, llevaba una bolsita de piel con la fragancia agridulce del *oshá*—la sagrada raíz de agua de los ríos y manantiales de las altas sierras que llevaban salud y protección a la gente.

Mientras el sol comenzaba a subir en un cielo despejado, ella ató una pequeña pluma de águila

flowers or wild strawberry. She looked behind the rocks to see what mix of flowers were blooming but found nothing, only wet sand. Then, suddenly, another new fragrance came over her, sweeter than new squash flowers. It startled her. She hurried off to the pueblo.

María de Ágreda had always loved the Fiesta de San Juan. On June 23 after *vísperas* (vespers), the evening service, the celebrations began. The convent kitchen always cooked great quantities of food to make sure that all of the many visitors and even the poorest families had plenty to eat. On the street and in their houses, people gathered to give thanks and share a special fiesta meal of bread, olives, garbanzo lamb stew spiced with romero, *orégano* (oregano), and *pimentón* (smoked Spanish paprika), wine mixed with lemon water, and *pastelitos* (flat little pies with dried apricots, apples, or plums). The town bakery prepared special almond flour cakes, frosted with San Juan's flag. All the treats after vísperas were just the beginning.

a su cabello. Una suave brisa secó sus lágrimas. Sintió una nueva combinación de inusuales fragancias de la tierra, algo como una extraña flor de pino o una fresa silvestre. Miró detrás de las piedras para ver qué combinación de flores estaba creciendo, pero no encontró nada, solo arena húmeda. Entonces, de repente, otra nueva fragancia la envolvió, más dulce que las nuevas flores de calabaza. La sorprendió. Salió apurada hacia el pueblo.

A María de Ágreda siempre le había ilusionado la fiesta de San Juan. La noche del 23 de junio, después del servicio de las *vísperas*, comenzaban las celebraciones. La cocina del convento siempre preparaba grandes cantidades de comida para asegurar que los muchos visitantes y aun las familias más pobres tuvieran bastante para comer. En la calle y en sus casas, la gente se reunía para dar gracias y compartir una comida especial de la fiesta con pan, aceitunas, cocido de garbanzos y cordero sazonado con romero, orégano y pimentón ahumado, vino mezclado con agua de lima y pastelitos hechos de albarcoques, ciruelas o manzanas secas. La panadería del pueblo preparaba pasteles especiales de harina de almendra, con una azucarada bandera de San Juan encima. Y los manjares de después de las vísperas eran solo el comienzo.

For Midsummer Feast, Paf Sheuri and everyone in her pueblo looked forward to their favorite delicacies, which the women would cook. People gratefully ate every kind of corn they grew, from the tiny *pininí* popcorn to the large white *concho* corn, stewed whole with dried venison or buffalo, wild onions, and mountain orégano. Other rainbow varieties like *i'yeh shure* (yellow corn) were ground by the women and baked into little griddle cakes. The *i'yeh paf* (deep-purple blue corn) was the most versatile. The cornmeal boiled with water was drunk as gruel, delicious with salt. The same thick liquid was gently poured onto smooth, hot volcanic stones, baked in an instant, and rolled into little parchment scrolls called *guayabes*, which served as edible spoons. Blue corn pudding was as smooth as its name—*chaquegüe*. Throughout the year, each feast had its own special flavors. Pueblo cooks knew how to combine dry and fresh ingredients, like beans and squash, into delectable soups. Wild garlic and the root and leaves of *chimajá* (wild parsley) added substantial flavor even when meat was scarce, which was not often since Cueloze ate the greatest variety of meat of any pueblo. During the fifth and sixth moons, a special treat ripened—the fleshy pods of the yucca and their

Para sus fiestas de mediados del verano, Paf Sheuri y todo su pueblo esperaban saborear sus delicias favoritas, que las mujeres cocinaban. Muy agradecida, la gente comía todos los tipos de maíz que cosechaban, desde las pequeñas palomitas de *pininí* hasta el maíz *concho* de grano blanco, hervido entero con carne seca de venado o cíbolo, cebollas silvestres y orégano de la sierra. Otras variedades con los colores del arcoíris, como el *i'yeh shure*, el maíz amarillo, eran molidas por las mujeres para hacer tortitas de comal. El morado maíz azul, *i'yeh paf*, era el más versátil. La harina hervida con agua se tomaba como atole, delicioso con sal. El mismo líquido espeso se vertía suavemente sobre lisas, calientes piedras volcánicas, se cocía al instante y se doblaba en rollos llamados guayabes, que servían como cucharas comestibles. El pudín de maíz azul—el *chaquegüe*, era tan suave como su nombre. Durante todo el año, cada fiesta tenía sus sabores especiales. Las cocineras de los pueblos sabían combinar ingredientes secos y frescos, como frijoles y calabazas en caldos deliciosos. El ajo silvestre y la raíz y hojas de *chimajá*, el perejil silvestre, añadían sustanciosos sabores aun cuando escaseaba la carne, lo que no era frecuente, ya que en Cueloze se comía la variedad más grande de

seeds, which became sweet when baked. The only treats available in abundance were the *pululú*, the little wild plums of the meadows, and the *capulín*, the wild cherry brought down from the mountains in willow baskets. They were boiled into a thick jam, which Paf Sheuri loved, and they were dried into leathery strips as well. And everyone carried a little stash of *t'au* (piñón nuts), which the people loved to snack on as they visited. All their cousins said that only the Tompiros could shell and eat t'au in the middle of a conversation without using their fingers.

But feast days, whether in Cueloze or Ágreda, were much more than food and drink. In Ágreda, María hummed a tune and practiced a step as she thought of the vísperas of San Juan. For the evening always featured the music of *dulzaínas*, double-reeded flutes played alongside small snare drums. Later that night there was social dancing, and María loved to dance. Faster tunes went with an energetic dance in which dancers followed each other in circles and spirals of different sizes. Slower tunes were danced as *cuadrillas* in well-ordered sets of rows and squares.

Though she no longer danced with the others in the village, María remembered an older boy from her neighborhood named Juan Carlos, who held her hand gently when they danced. In the *baile del pañuelo* (dance of the scarf), they held either end of

carnes que en cualquier otro pueblo. Durante la quinta luna y la sexta maduraba una delicia especial: las vainas suculentas de la yuca y sus semillas, que se volvían dulces después de hornearse. El único dulce que había en abundancia era el *pululú*, las ciruelas silvestres de las praderas, y el *capulín*, la cereza silvestre, bajada de las sierra en canastos de mimbre. Se hervían hasta hacer una espesa jalea que a Paf Sheuri le encantaba, y también se secaba en tiras como de cuero. Y todo el mundo llevaba una pequeña provisión de *t'au* (piñones) que a la gente le gustaba comer mientras se visitaba. Todos sus primos decían que solo los tompiros podían abrir y comer t'au en medio de una conversación sin usar los dedos.

Pero los días festivos, tanto en Cueloze como en Ágreda, eran mucho más que la comida y la bebida. En Ágreda, María tarareaba una canción y practicaba unos pasos mientras pensaba en las vísperas de San Juan. Por la noche siempre había música de dulzaínas y flautas de doble lengüeta que se tocaban junto con pequeñas tarolas. Más tarde aquella noche hubo bailes y a María le encantaba bailar. Las tonadas más rápidas iban con una energética danza en rondas en las que los participantes se seguían en círculos y espirales de diferentes tamaños. Las tonadas más lentas se bailaban en cuadrillas, en ordenados conjuntos de filas y cuadrados.

Aunque ya no bailaba con la gente en la aldea,

a light-blue handkerchief, which joined them yet kept them separate. Some pañuelos were embroidered with a lamb carrying a little red pennant, one of the symbols of San Juan also carried in the processions. Everyone wore them for the fiesta. At night, bonfires were lit to honor the fire of the summer sun. When they burned down a bit, young men ran and jumped over the low flames. Since he was named for John the Baptist, Juan Carlos loved this fiesta more than any other, dancing happily and leaping in the air. He was one of the young men who left for New Spain, and María never heard from him again. For her, the joyful Fiesta of San Juan was always tinged with the sadness of his absence.

The young widow Paf Sheuri held in her own tears as she dressed for the feast dances in Cueloze. Her fine *manta* dress of dark cotton hung over one shoulder, wrapped with a red woven sash as the women and girls of the pueblo wore them. A single, polished, spiny oyster shell dangled crimson at her throat. A necklace of small white shells graced her chest. Older women wore their finest pieces of blue skystone and fine strings of tiny shell beads. Every female had a little tablet of thin wood tied to her head, with loosened hair flowing. These *tablitas* were

María se acordaba de un muchacho mayor de su barrio llamado Juan Carlos, que la tomaba de la mano suavemente cuando bailaban. En el baile del pañuelo, la pareja agarraba cada uno un lado del mismo pañuelo color azul claro, que los unía, pero que a la vez los separaba. Algunos pañuelos tenían un corderito bordado con un banderín rojo, uno de los símbolos de San Juan que también se llevaba en las procesiones. Todo el mundo los llevaba para la fiesta. De noche, se prendían fogatas para honrar el fuego del sol del verano. Cuando se apagaban un poco, los jóvenes corrían y brincaban sobre las pequeñas llamas. Como había recibido su nombre de San Juan Bautista, Juan Carlos amaba esta fiesta más que cualquier otra, bailando felizmente y brincando en el aire. Era uno de los jóvenes que había salido para la Nueva España y María nunca supo más de él. Para ella, la alegre fiesta de San Juan estaba siempre teñida de tristeza por su ausencia.

La joven viuda Paf Sheuri contuvo sus propias lágrimas mientras se vestía para las danzas de la fiesta en Cueloze. Su fina *manta* de algodón teñido le colgaba de un hombro y estaba atada por un rojo ceñidor tejido, como las mujeres y niñas del pueblo lo usaban. Una sola concha pulida de ostión rojo cubierta de espinas le colgaba del cuello.

painted with clay pigments—malachite blue-green, with red, yellow, and white accents. Women and girls held a colored ear of corn in one hand and a sprig of pine in the other, which they moved up and down in time with the music. The sprigs were not from the piñón trees near the village but from the majestic pines of the high mountains, from where the clouds gathered. They danced barefoot so that their life spirit could pass back and forth to the earth as they moved.

Un collar de pequeñas conchas blancas adornaba su pecho. Las mujeres más ancianas llevaban sus piezas más finas de piedra de cielo azul y finas cadenas de diminutas cuentas de concha. Todas las mujeres tenían una tablita de madera delgada atada a la cabeza, con el cabello suelto. Las tablitas habían sido pintadas con pigmentos minerales—malaquita azul-verde, con detalles rojos, amarillos y blancos. Las mujeres y las niñas sostenían una mazorca de maíz coloreado en una mano y una ramita de pino en la otra, las cuales movían para arriba y para abajo al compás de la música. Las ramitas no eran de los pinos piñoneros cerca del pueblo, sino de los majestuosos pinos de las altas montañas, donde a las nubes les gustaba juntarse. Bailaban descalzas, para que su espíritu vital pudiera ir y venir de la tierra a ellas mientras se movían.

Men and boys dressed in white cotton kilts embroidered with cloud, lightning, and mountain designs. Since the men of Cueloze hunted much more than the men of the Great River valley, animal skins made up their attire as well. A leather bandolier with hanging olive shells brought to the desert the sound of the distant ocean. A leather belt with a cibulu tail hanging to one side symbolized their kinship with the great shaggy beasts. Moccasins trimmed with black-and-white skunk fur allowed them to stomp when they danced, in contrast to the women who stepped more lightly. In one hand they carried a strung bow and in the other a gourd rattle, filled with river pebbles and seeds that sounded like splashing rain when shaken.

Four times during the day, groups of a dozen male singers emerged from the kivas below the Middle Heart Place and proceeded in single file to join dozens of men, women, and children ready to dance. A large buffalo drum sounded the heartbeat cadence and the Cueloze men sang ancient songs of wind, lighting, cloud, and rain to the Creator and ancestral spirits.

Like the other girls in Ágreda, María was sleepy but excited. While many had danced into the night on the plaza after vísperas, María was busy

Los hombres y los niños llevaban faldas de algodón blanco bordadas con diseños de nubes, rayos y montañas. Como los hombres de Cueloze cazaban mucho más que los del valle del Río Grande, usaban más pieles de animales en su atuendo. De una bandolera de cuero colgaban caracoles de oliva que traían al desierto el sonido del mar distante. Un cinturón de cuero con una cola de cibulu colgando de un lado simbolizaba su parentesco con las grandes y peludas bestias. Mocasines decorados con pelaje negro y blanco de zorrillo les permitía zapatear fuerte, en contraste con las mujeres que pisaban más ligeramente. En una mano portaban un arco encordado y en la otra un guaje lleno de guijarros y semillas que sonaban como gotas de lluvia salpicando cuando los sacudían.

Cuatro veces al día, grupos de una docena de cantantes hombres emergían de las kivas debajo del Lugar en medio del Corazón y procedían en fila para unirse a las docenas de hombres, mujeres y niños listos para la danza. Un gran tambor de cuero de cíbolo marcaba la cadencia del latido del corazón y los hombres de Cueloze cantaban antiguos cantos de viento, relámpagos, nubes y lluvia dirigidos al Creador y a los espíritus ancestrales.

Como los otros jóvenes en Ágreda, María estaba somnolienta pero emocionada. Aunque muchas habían bailado hasta tarde en la plaza después de las vísperas, María estaba ocupada con sus oraciones

with prayers in her cell. Everyone knew that the main celebrations began early in the morning on June 24, *el mismo día de San Juan*. In the distance she could hear the joyous processions, which assembled at houses, chapels, and churches—wherever there was a carving or painted image of John the Baptist. He was dressed in animal skins since he lived as a hermit in the desert. In other images he carried a lamb. The night before, the faithful had solemnly taken their saint to witness the bonfires in his honor. Now they playfully took him to the banks of the river to splash his feet in the water. But there were no more processions or pilgrimages for the young María. Cloistered in her convent, she could share only in the worship services in the convent chapel.

Paf Sheuri, hiding a heavy heart, was obliged to participate in the Midsummer Feast. The dancers kept time with measured steps in two rows that stretched the length of the Middle Heart Place. Sometimes they danced in place and then progressed across the square. At intervals, they faced each like the four directions and made a slight bow, then kept up the steps, punctuated with slight pauses. Then, dancers turned to face each other and changed places in the lines. People loved it when puffs of wind fluttered the fine feathers that everyone wore tied in their hair.

en su celda. Todo el mundo sabía que las principales celebraciones comenzaban temprano en la mañana del 24 de junio, el mismo día de San Juan. En la distancia, ella podía oír las alegres procesiones que se juntaban en casas, capillas e iglesias—dondequiera que había una imagen pintada o tallada de San Juan Bautista. Él iba vestido con pieles de animales ya que vivía como ermitaño en el desierto. En otras imágenes, cargaba un cordero. La noche anterior, los fieles habían llevado solemnemente a su santo a presenciar las fogatas en su honor. Ahora alegremente lo llevaron a la orilla del río para que chapoteara los pies en el agua. Pero ya no había más procesiones ni peregrinajes para la joven María. Enclaustrada en su convento, solo podía compartir los servicios en la capilla del convento.

Paf Sheuri, escondiendo su pesadumbre, estaba obligada a participar en la fiesta de mediados del verano. Los danzantes marcaban el tiempo con sus pasos medidos en dos filas que se extendían por todo el Lugar en medio del corazón. A veces danzaban en el mismo lugar y luego avanzaban a través de la plaza. A intervalos, se ponían frente a las cuatro direcciones y hacían una pequeña reverencia, entonces resumían los pasos, puntuados por breves pausas. Luego los danzantes giraban para estar cara a cara y cambiaban su lugar en las filas. A la gente le encantaba cuando el aire levantaba las plumas finas que todos llevaban atadas al cabello.

At the edges of the dance formations, four charcoal-smudged figures with their hair tied up in corn husks picked up fallen feathers, adjusted dancers' costumes, and made jokes. Dancers ignored the jokes, but spectators laughed at them. Children chased and were chased by the clowns. The clowns carried little canteens around their necks in which they dipped tufts of grass to sprinkle water on everyone. They even chased and sprinkled Paf Sheuri. She laughed and briefly left her sadness behind her.

En las orillas de las formaciones de la danza, merodeaban cuatro figuras tiznadas de carbón con su cabello atado con hojas de maíz, recogiendo plumas caídas, ajustando los trajes de los danzantes y haciendo bromas. Los danzantes ignoraban las bromas, pero los espectadores se reían de ellos. Los niños perseguían y eran perseguidos por los payasos. Los payasos portaban pequeños recipientes colgados a su cuello en los que mojaban matas de yerba para salpicar con agua a todos. Los payasos incluso persiguieron y salpicaron a Paf Sheuri. Ella se rió y, brevemente, dejó atrás su dolor.

María smiled when she remembered the joy of the children and young adults at the Fiesta de San Juan. It was a time when everyone took a break from their labors and their home lives to enjoy each other's company. Children splashed and played. Fiesta costumes were simple but echoed the themes of water and baptism. Everyone wore their blue pañuelos, which could also serve as towels. Men and boys wore loose-fitting trousers and a cotton smock tied at the waist with blue woven sashes. María and all the girls wore simple, thick cotton shifts. Everyone wore *alpargatas* or rope sandals that could get wet. Before the end of the day, everyone eventually was doused. Buckets of water were tossed off balconies onto passersby and children jumped into fountains, *acequias*, and irrigation ponds—clothes and all.

María missed these joyous activities dearly. Tears welled in her eyes when she heard the laughter and shouts of the children on the other side of the convent walls. In solitary celebration, she turned feasting into fasting. Only when she joined her sisters in singing and prayer did her spirits soar. They too splashed each other, with the water from the cloister's fountain. Mass was held at noon, before the heat of the day, and the convent chapel was filled with festive townspeople, praying for

María sonreía cuando se acordaba de la alegría de los niños y jóvenes en la fiesta de San Juan. Era un tiempo en que todos descansaban de las labores y de la vida doméstica para disfrutar de la compañía de sus amigos. Los niños jugaban y chapoteaban. Los trajes de la fiesta eran sencillos pero hacían eco de los temas del agua y el bautismo. Todo el mundo, por supuesto, llevaba sus pañuelos que también podían servir de toallas. Los hombres y los niños vestían pantalones amplios y camisones de algodón atados con fajas tejidas de color azul. Cuando era niña, María y todas las niñas se vestían con sencillos cambios de grueso algodón. Todo el mundo llevaba *alpargatas* o sandalias de soga que podían mojarse. Antes de que finalizara el día, todos terminaban empapados. Cubetas de agua se tiraban desde los balcones sobre la gente abajo y los niños brincaban y se metían en las fuentes, acequias y estanques de riego—con todo y ropa.

María echaba de menos mucho estas diversiones. Las lágrimas brotaban de sus ojos cuando escuchaba la risa y los gritos de los niños al otro lado de los muros del convento. En celebración solitaria, convertía la fiesta en ayuno. Solo cuando se unía a sus hermanas en el canto y en la oración, sentía elevarse su espíritu. Ellas también se salpicaban con el agua de la fuente del claustro. La misa se

summer rains. The baptism of the babies was especially beautiful, bringing a passing flush to her cheek and a chill to her shoulders.

The highlight of the Midsummer dances at Cueloze Pueblo caused Paf Sheuri's neck to prickle in anticipation. This was the dramatic emergence of the katsina dancers with their masks and sublime, powerful faces from the kiva below. A group of four danced in and around all of the dancers, who made a slight bow to them as they passed. A man in the chorus played high notes on a bird-bone whistle to mark their movements.

In the heat of the afternoon, resting between the dances, Paf Sheuri watched, smiling, while María smiled from afar, thinking of the children playing. In Cueloze the children played in the water of some of the hundreds of catchments that were carefully built in every little draw and rock crevice. They ran back and forth across the Middle Heart Place, squealing with fear and delight at the clowns.

As usual, the dancing exhilarated Paf Sheuri, who stood proud with her pueblo sisters. But this year was different. As a young widow she was submerged in her pain, and she worried

celebraba a mediodía, antes de los calores del día y la capilla del convento se colmaba de gente alegre, rezando para que vinieran las lluvias del verano. El bautismo de los bebés era especialmente bello, haciendo que se le sonrojaran las mejillas y que un escalofrío le recorriera los hombros.

El punto culminante de las danzas de mediados del verano en el pueblo de Cueloze siempre le provocaba escalofríos en la nuca a Paf Sherui. Se trataba de la dramática aparición de los danzantes katsina, con sus máscaras y rostros sublimes y poderosos, desde la kiva abajo. Un grupo de cuatro bailó alrededor de todos los danzantes, quienes les hicieron una ligera reverencia al pasar. Un hombre en el coro tocó unas notas muy altas con un silbato de hueso de ave, para marcar sus movimientos.

En el calor de la tarde, descansando entre las danzas, Paf Sheuri observó, sonriendo mientras María sonreía desde lejos, pensando de los niños jugando. En Cueloze los niños jugaban en algunos de los cientos de presitas y estanques que se habían construido en cada arroyito y grieta entre las piedras. Corrían de aquí para allá a través del Lugar en medio del corazón, chillando de temor y alegría por los payasos.

constantly about the future of Cueloze. Dancing and prayer helped but made her feel light-headed, especially in the heat of the day. When the last set of dancers retired, instead of going to the small room where she slept and kept her things, she wandered out of the pueblo and back down to the tinaja where dragonflies circled over the water. She hung her things on a bush, lay down in the shade on the cool, damp sand, and fell into a deep sleep.

María de Ágreda, still damp from the splashing at the convent fountain, gave thanks for the special gifts of San Juan. She whispered, *"Bendita y dulce es el agua de San Juan.* —Blessed and sweet is the water of Saint John." For on Midsummer's Day, all water of the earth was holy. She loved the symbolism of the fiesta—the fires and the rippling waters of baptism. When María began to feel unsteady after Mass, the sisters led her to her cell and laid her down on her mattress. They draped a handkerchief wet with lavender water on her brow and left a bowl of water within reach. She shivered and the sisters covered her lightly with her cloak. As she drifted to sleep, she thought she smelled a resinous piney aroma and something like sage. When she awoke hours later,

Como siempre, las danzas entusiasmaban a Paf Sheuri, que permaneció de pie, orgullosa con las hermanas de su pueblo. Pero este año era diferente. Como viuda joven, se encontraba sumergida en su dolor y se preocupaba constantemente por el futuro de Cueloze. La danza y los rezos ayudaban, pero la hacían sentirse mareada, especialmente durante el calor del día. Cuando el último grupo de danzantes se retiró, en vez de ir a la pequeña habitación donde dormía y guardaba sus cosas, salió del pueblo y bajó hacia la tinaja donde las libélulas daban vueltas sobre el agua. Tendió sus cosas en un arbusto, se acostó en la arena fresca y húmeda y se durmió profundamente.

Todavía húmeda del chapoteo en la fuente del convento, María de Ágreda dio gracias por los dones especiales de San Juan. —*Bendita y dulce es el agua de San Juan,*— susurró. Porque en el día de mediados del verano, todas las aguas de la tierra eran benditas. Ella amaba el simbolismo de la fiesta—el fuego y las aguas vivas del bautismo. Cuando María empezó a sentirse temblorosa después de misa, las hermanas la llevaron a su celda y la acostaron en su colchón. Le pusieron un pañuelo mojado con agua de lavanda en la frente y le dejaron una taza de agua a la mano. Ella se

the bittersweet smell of water root permeated the cell, and one of her sister nuns heard María repeating a strange word. She whispered, *"Oshá, oshá, gracias."*

As she lay in her convent room, María felt wind on her face, then calm and silence. She could see the earth and what must have been valleys, mountains, rivers, and oceans, but which ones? She was reassured when clouds brushed her face because at least she could be sure of what they were. She felt adrift but never alone. She clutched her cloak, double-winged cross, and rosary and remembered what her father had told her, "What is above is the same as what is below." She sensed a presence and . . .

. . . awoke under a piñón tree on a rocky hillside. María immediately recognized the tree's resinous scent, made strong by the warming sun. To one side was a valley with a dry *arroyo* running through it and some large rocks. She heard a drum in the distance and, on the other side, saw a walled village with people dancing on a plaza. She watched everything for what seemed like hours, admiring the colorful clothes, stately lines, and careful steps. The reverence of the dance impressed her. It was nothing like the dancing back home, which was wild with joy, water, and wine.

estremeció y las hermanas la cubrieron suavemente con su capa. A medida que se dormía, pensaba que olía un aroma resinoso de pino y algo que parecía salvia. Cuando se despertó horas más tarde, la fragancia agridulce de la raíz de agua saturaba la celda y una de sus hermanas monjas oyó a María murmurar una extraña palabra, —O*shá, oshá, gracias.*

Acostada en su habitación del convento, María sintió el viento en la cara, luego calma y silencio. Podía ver la tierra y lo que debían haber sido valles, montañas, ríos y océanos, pero ¿cuáles? Se tranquilizó cuando las nubes rozaron su cara, porque por lo menos podía estar segura de lo que eran. Se sintió ir a la deriva, pero nunca sola. Se aferró de su capa y de su cruz de cuatro brazos y de su rosario, y recordó lo que su papá le había dicho, —"Lo de arriba es lo mismo que lo de abajo." Sintió una presencia y . . .

. . . se despertó bajo un pino piñonero en una ladera rocosa. Inmediatamente María reconoció la fragancia resinosa del árbol, fuerte bajo el calor del sol. Por un lado había un valle con un arroyo seco que lo atravesaba y unas rocas grandes. Entonces escuchó un tambor en la distancia y del otro lado, divisó una gran aldea amurallada con gente danzando en una plaza. Observó todo por lo que parecieron horas, admirando los trajes coloridos, las filas imponentes y los pasos cuidadosos. La

"*Pero tienen que saber de San Juan,*" she guessed. "They must know about San Juan. *Pero ¿dónde está? —But where is he?*"

She was startled to see masked dancers emerge from underground and join in the dance. She wondered, "*¿Son los santos de ellos? —Are these their saints?*"

María didn't dare approach the town. Instead she walked down the little arroyo. She realized how thirsty she was and caught the scent of water nearby. As she approached the rocks, she was amazed to see etched figures of double-winged crosses on the rocks. She was overjoyed to see a young Pueblo woman sitting by a pool of water, who had just awakened. María was so surprised that she dropped her crystal rosary to the ground without noticing.

"*Buenas tardes le dé Dios, hermana. —Good afternoon, my sister. Tengo tanta sed. —I'm so thirsty.*"

Paf Sheuri motioned toward the pool of clear, sweet water. She responded to María with a greeting in the Tompiro language, "*Jau, 'a-k'u-wa-nia*" (Hello, may you live well), —and she was astonished that they clearly understood each other.

reverencia de la danza la impresionó. No se parecía en nada a los bailes desenfrenados en su tierra, que eran salvajes de gozo, agua y vino.

—Tienen que saber de San Juan— ella supuso. —Deben saber de San Juan. Pero ¿dónde está?

Se asombró cuando vio los danzantes enmascarados saliendo para juntarse con los otros. Se preguntó, —¿Son los santos de ellos?

María no se atrevió a acercarse al pueblo y prefirió caminar por el pequeño arroyo. Se dio cuenta de lo sedienta que estaba y sintió cerca la húmeda presencia de agua. Cuando se acercó a las piedras, se sorprendió de ver todas las figuras de cruces de cuatro alas grabadas en las rocas. Se entusiasmó de ver a una joven, que justo acababa de despertarse, sentada a la orilla de una tinaja. María estaba tan sorprendida que sin darse cuenta, dejó caer al suelo su rosario de cristal.

—Buenas tardes le dé Dios, hermana. Tengo tanta sed.

Paf Sheuri señaló el estanque de agua dulce y clara. Le respondió a María con un saludo, —*Jau, 'a-kú-wa-nia*, hola, que vivas bien,— asombrada que se entendieran claramente. Parecieran compartir la lengua tompiro. ¡La joven se vestía con tanta tela!

They seemed to share the Tompiro language. The young woman was dressed in so much cloth! When she lifted her arms, her sky-blue cloak looked like the wings of a beautiful bluebird. The cloaked woman knelt by the water and sipped it with cupped hands.

"*¿Dónde estamos? —*Where are we?" María asked, with a broad gesture.

"This is our land. There is our pueblo and its Middle Heart Place. Our salt lakes are in that valley down there." María also understood Paf Sheuri, but was she speaking Spanish?

"*Pero ¿quiénes son ustedes y de dónde vienen? —*Who are you, and where do you come from?" she said, gently touching Paf Sheuri's arm.

"My name is Paf Sheuri, Blue Flower. We are people of the Corn, the Buffalo, and the Salt. We emerged into this world from another one below. We are Tompiros, and we call our home Cueloze."

Paf Sheuri asked the same questions of María, who was much less confident about her answers.

"I am María de Jesús de Ágreda. *Vengo de lejos, de España, al otro lado del océano. —*I come from Spain, far way, on the other side of the ocean." Yet María still seemed confused.

Paf Sheuri took María's hand as they stood face to face, sharing breath for breath. The comingled

Cuando levantaba los brazos, su capa azul celeste parecía las alas de una hermosa ave azul. La mujer de la capa se hincó cerca del agua y bebió unos sorbos de sus manos ahuecadas.

—*¿Dónde estamos?—*, dijo con un amplio gesto.

—Esta es nuestra tierra, allá está nuestro Lugar en medio del Corazón y nuestro pueblo. Nuestros lagos salineros están en aquel valle. María también le entendía a Paf Sheuri, pero ¿hablaba en castellano?

—Pero ¿quiénes son ustedes y de dónde vienen?—le dijo, tocando suavemente el brazo de Paf Sheuri.

—Yo me llamo Paf Sheuri, Flor Azul. Somos la gente del Maíz, del Cibulu, de la Sal. Surgimos a este mundo desde otro más abajo. Somos tompiros y llamamos a nuestro pueblo Cueloze.

Paf Sheuri le hizo la misma pregunta a María, quien tenía mucha menos confianza en sus respuestas.

—*Soy María de Jesús de Ágreda. Vengo de lejos, de España, al otro lado del mar.—* Pero María todavía parecía confundida.

Paf Sheuri tomó a María de la mano mientras se paraban frente a frente, compartiendo el mismo aliento. Los inciensos mezclados de oshá y lavanda, piñón y rosa, chamiza y romero se

scents of oshá and lavender, piñón and roses, sage and rosemary sifted through the air and enveloped the pair. Paf Sheuri explained to María that the earth is like an immense clay bowl, with four sacred mountains that hold up the ethereal basket of the sky with its sun, moon, stars, clouds, and rainbows. Each direction has its color, its blessings, its people, and far away in each direction lies a great body of salt water! María was amazed that Paf Sheuri seemed to understand where she had come from, across the same seas and mountains, and through the same heavens.

"Somos hijos del Creador. Su Hijo nació de una mujer bendita para redimirnos. —We are children of the Creator. His Son was born of a blessed woman to redeem us through his sacrifice. *Mi gente está sufriendo, hay hambre y plagas y guerras en mi tierra.* —My people are suffering. There is hunger and sickness and war in my land."

"We also are children of the Creator," Paf Sheuri answered. "But the woman who bore his son gave birth to Twins. They would also give their lives to protect us. There is drought in this land and people are hungry. The Metal People have returned. They are forcing our young men to gather our sacred salt. There is conflict in our land. Have you heard of the Metal People?"

filtraban a través del aire, envolviéndolas. Paf Sheuri le explicó a María que la tierra es como un inmenso tazón de barro, con cuatro montañas sagradas que sostienen el canasto etéreo del cielo con su sol, luna, nubes y arcoíris. ¡Cada dirección tiene su color, sus bendiciones, su gente y muy lejos, en cada dirección yace una gran extensión de agua salada! María quedó sorprendida de que Paf Sheuri parecía entender de dónde había venido, a través de los mismos mares, montañas y cielos.

—Somos hijos del Creador. Su Hijo nació de una mujer bendita para redimirnos. Mi gente está sufriendo, hay hambre y plagas y guerras en mi tierra.

—También somos hijos del Creador— contestó Paf Sheuri, —pero la mujer que tuvo a su hijo dio a luz a Gemelos. Ellos también darían su propia vida para protegernos. Hay sequía en esta tierra y la gente tiene hambre. La gente de metal ha vuelto. Están obligando a nuestros jóvenes a juntar nuestra sal sagrada. Hay conflicto en nuestra tierra. ¿Has escuchado de la gente de metal?

María estaba perpleja e intrigada, pero empezó a sentirse débil. Después de todo, estaba exhausta por su ayuno y solo había tomado agua. Paf Sheuri intuyó su necesidad y abrió su bolsa

María was puzzled and intrigued, but began to feel faint. She was exhausted from her fasting and had only drunk some water. Paf Sheuri intuited her need and opened her leather bag and took out a handful of parched corn and piñón nuts. María loved the toasty aromas, and the piñón nuts tasted just like those in Ágreda. The bittersweet fragrance of the water root oshá was in the air.

Now Paf Sheuri trembled. The day had been long and hot, and she had not eaten much. María reached into her pocket and offered a crust of wheat bread and some *orejones*—little "ears" of dried apple. Paf Sheuri noticed the scent, like the sweet wild rose. Could this be the tree fruit the farmers of Cueloze had been talking about?

Together, they sat down by the pool of the tinaja, which reflected the pinkish, cloudless sky of twilight. When María took her silver double-winged cross from her pocket, Paf Sheuri recognized it as metal and was startled. This young woman in blue was one of the Metal People! Then a large blue dragonfly landed for a moment between them.

"*Esta es la Cruz, el símbolo de mi fe.* —This is the cross, the symbol of my faith," breathed María.

"Yes, it is also the symbol of mine . . . the sacred *tday-she-khoda*," Paf Sheuri whispered. "Wherever the Dragonfly goes, it shows us where to look for

de cuero y sacó un puñado de maíz tostado y piñones. A María le encantaba el aroma a tostado y los piñones sabían justo como los de Ágreda. La fragancia agridulce de la oshá, la raíz de agua, flotaba en el aire.

Ahora fue Paf Sheuri quien se estremeció. El día había sido largo y caluroso y no había comido mucho. María sacó de su bolsa un pedazo de pan y unos *orejones*—pequeñas "orejas" de manzana seca. Paf Sheuri notó la esencia semejante a la dulce rosa silvestre. ¿Podría ser ésta la fruta de árbol de la que los agricultores de Cueloze habían estado hablando?

Se sentaron juntas a orillas de la tinaja, el cual reflejaba el cielo rosáceo despejado del ocaso. Cuando María sacó su cruz de cuatro alas de la bolsa, Paf Sheuri la reconoció como metal y se sobresaltó. ¡Sí, esta joven mujer de azul era de la Gente de Metal! Entonces una gran libélula azul se posó por un momento entre ellas.

—Esta es la cruz, el símbolo de mi fe—, murmuró María.

—Sí, también es el símbolo de la mía, la sagrada *tday-she-khoda*,— susurró Paf Sheuri. —Dondequiera que la Libélula vaya, nos muestra dónde buscar el agua de la vida.— Señaló con los labios hacía los dibujos en las rocas. Ya había oído de la

the water of life." She pointed with her lips toward the drawings on the rocks. She had already heard of the cross from a friend in a nearby river pueblo, but now she realized the twin symbol might help bring two peoples together someday.

cruz por una amiga de unos de los pueblos del río, pero ahora se dio cuenta de que, algún día, el símbolo dual podría unir las dos culturas.

María explained the rumors that Paf Sheuri had already heard from women of the pueblo—that bearded men dressed in woolen robes would come with their crosses, with new seeds to plant, with the same tame animals that were beginning to multiply at the pueblos of the valley of the Great River. They would raise up tall cross-shaped buildings and would demand the help of the people to build them. There would be privation and sacrifice. They were Cuacu, Metal People, but they were not warriors. Pueblo elders already realized that if Cueloze had a church, the Spanish would protect it from Apaches. The metal of the dark-robed "priests" was also the metal of sickles, hoes, and bells whose peals would now ride the wind.

"Pero esos hombres barbudos no van a entender a los santos de ustedes. Quizás sea mejor que se queden en las kivas cuando vengan, hasta que nuestra gente intente comprendernos como yo a ti, como tú a mí. —But the bearded men will probably not understand your saints. Perhaps it is better to stay in the kivas when they come until our people seek to understand each other as you do me, and I you."

María felt sad as she realized her visit with Paf Sheuri was concluding a very long Día de San Juan. What lasting gift of any value could she leave with her friend? And how could she share her experiences with her sisters back in Ágreda? Who would ever believe her?

María le explicó los rumores que Paf Sheuri ya había oído de otras mujeres del pueblo—que hombres barbudos vestidos con sotanas de lana iban a venir con sus cruces, con nuevas semillas para plantar, con los mismos animales domesticados que ya empezaban a multiplicarse en los pueblos del valle del Río Grande. Iban a levantar altos edificios en forma de cruz y a demandar la ayuda de la gente para construirlos. Iba a haber sacrificio y privación. Ellos eran los cuacu, la Gente de Metal, pero no eran guerreros. Los ancianos del pueblo ya se habían dado cuenta de que si Cueloze tuviera una iglesia, los españoles los protegerían de los apaches. El metal de los "sacerdotes" de sotana parda era también el metal de la hoz, de los azadones y de las campanas, cuyo repiqueteo ahora iba a cabalgar con el viento.

—Pero esos hombres barbudos no van a entender a los santos de ustedes. Quizás sea mejor que se queden en las kivas cuando vengan, hasta que nuestra gente intente comprendernos como yo a ti, como tú a mí.

María se sintió triste al darse cuenta que su visita a Paf Sheuri concluía un día de San Juan muy largo. ¿Qué duradero regalo de valor podía dejarle s su amiga? ¿Y cómo iba a poder compartir sus experiencias con sus hermanas allá en Ágreda? ¿Quién iba a creerle?

At that moment, Paf Sheuri extended the eagle feather she had untied from her hair, offering it to María. It seemed to pass right through her fingers, but she instantly realized what it was—a quill! An instrument of writing!

"La pluma hará volar mis palabras. —The feather will give flight to my words." When María started to explain writing, Paf Sheuri nodded and gestured toward the rock drawings.

"Yes, the eagle is the highest flyer and sees all from above as it is below," said Paf Sheuri, invoking the same words that María's father had said when he gave her the cross.

"Que Dios te cuide siempre, Flor Azul. —May God always love you, Paf Sheuri," María said, extending the cross to her friend. The flash of silver shone onto Paf Sheuri's hand, now bearing the beating wings of the dragonfly.

"May the Creator bless us both. We will meet again!" said Paf Sheuri.

In the fading light on the next passing breeze, María faded from view. The Cloud People visited that night and dewdrops hung from every branch and blade of grass, softly glistening like the clear beads of María's rosary.

After their encounter, Paf Sheuri added the double-winged dragonfly crosses to her beautiful clay jars.

En ese momento, Paf Sheuri extendió la pluma de águila que se había desatado del cabello, ofreciéndosela a María. Parecía pasar a través de sus dedos, pero de inmediato se dio cuenta de lo que era: ¡una pluma! ¡Un instrumento para escribir!

—La pluma hará volar mis palabras. — Cuando María empezó a hablar sobre la escritura, Paf Sheuri asintió e hizo un gesto hacia los dibujos en las rocas.

—Sí, el águila es la que vuela más alto y ve todo desde arriba como es abajo—, dijo Paf Sheuri, invocando las mismas palabras que el padre de María le había dicho cuando le regaló la cruz.

—Que Dios te cuide siempre, Paf Sheuri—, dijo María, extendiendo la cruz a su amiga. El destello de la plata iluminó la mano de Paf Sheuri, como las alas temblorosas de la libélula.

—Que el Creador nos bendiga a los dos, ¡nos veremos de nuevo!—, le dijo Paf Sheuri.

En la débil luz y con la siguiente ráfaga de viento, María se desvaneció. La Gente de las Nubes llegó de visita esa noche y las gotas de rocío colgaron de todas las ramas y hojas de yerba, reluciendo suavemente como las cuentas del rosario de cristal de María.

Después de su encuentro, Paf Sheuri añadió la cruz de cuatro alas de la libélula a sus hermosas ollas de barro. Pronto, se sembraron manzanos en la sierra cercana,

Soon, apple trees were planted in the nearby mountains, which the Spanish people then called Sierra del Manzano (Apple Tree Mountains). Difficult and tragic years would follow. But María de Ágreda would return many times.

Miraculous stories about her mystical visits could soon be heard throughout the land among both Native and Spanish people. And from Texas to California, from Santa Fe to Lima, many read the extraordinary books of the Lady in Blue and learned of her visits in search of understanding across space, across time.

que los españoles llamaron la *Sierra del Manzano*. Seguirían años difíciles y trágicos. Pero María de Ágreda iba a regresar muchas veces.

Las historias milagrosas de sus visitas místicas pudieron pronto escucharse por toda la tierra entre los indígenas y los españoles. Y de Texas a California, de Santa Fe a Lima, mucha gente leía los extraordinarios libros de la Monja de Azul y aprendían de sus visitas en búsqueda del entendimiento a través del espacio, a través del tiempo.

Cultivating Legend and Connecting Places

The History behind the Encounter of Sor María and Paf Sheuri

ANNA M. NOGAR

Since New Mexico's celebrated Lady in Blue, Sor María de Jesús de Ágreda, was a legend in her own time, understanding her historical importance in our days is a challenge. In colonial-era New Mexico, legends and myths like those of the fabled cities of Cíbola and the fountain of youth in Florida motivated expeditions of exploration and colonization and other historic events. The Franciscan missionaries who worked in New Mexico in the 1600s carefully prepared reports that often included miracles, which lent credibility and importance to their labors. In the decades and centuries after Sor María's death in 1665, her story evolved in history and folklore, growing out of the earliest written accounts and taking on a creative life of its own. *Sisters in Blue*, our story of Sor María's first visit to New Mexico, continues in this vein but is informed by primary historical sources and the benefit of a twenty-first-century perspective. This essay provides some historical background to place this fictionalized story in context.

A Spanish priest living in New Mexico, Alonso de Benavides, reported in

1629 that a young woman who resembled a nun visited a native tribe called the Jumanos and taught them about Christianity. According to Fray Benavides, the woman told the tribe to seek out mission friars in New Mexico, who would baptize and instruct them. Fray Benavides wrote that when he sent two friars to the homeland of the Jumanos near the confluence of the Río Grande and the Río Conchos, the tribe greeted them with handmade crosses made of sticks, made the sign of the cross, and asked to be baptized—evidence, he said, of a miraculous visitation. When Fray Benavides traveled to Spain in 1630 to present his account to the Spanish king, he also visited the town of Ágreda, where the eastern plains of Castilla meet the mountains of Aragón. There he met with Sor María at her convent. During their conversation, he became convinced that the cloistered young nun had indeed visited New Mexico and that she was the woman who had prepared the Jumanos for conversion. He wrote a letter back to the friars in New Mexico telling them as much, and Sor María, obediently following orders from her male superiors, signed off on it. From the 1630s on, the Lady in Blue became part of the history of New Mexico and neighboring regions.

Our story takes place in Ágreda and Cueloze on June 24, 1620, the Feast of San Juan Bautista, which coincides with the Midsummer Solstice feasts of people all over the world. Sor María wrote that during her spiritual travels she was not sure exactly where she was being taken, nor how. In her visions she saw marvelous landscapes inhabited by people with whom she had not yet interacted. In our story she voyages to Cueloze, where in the midst of the pueblo's Midsummer Feast she encounters a young native woman, Paf Sheuri or Blue Flower. The two share a conversation that spans their two languages, Spanish and Tompiro, one of the Tanoan languages spoken in pre-colonial and colonial New Mexico which has since disappeared.

To be sure, there is no Paf Sheuri, nor anyone like her, in the Lady in Blue's official history. She is the product of our imagination, drawn out of ethnographic and anthropological knowledge about the people of the Salinas Pueblos, who were so named by the Spanish for the salt lakes in what is now called the Estancia Valley. Cueloze, Las Jumanas, San Buenaventura, and Gran Quivira are four names that were used to identify her particular pueblo. The first may mean "Shield Springs" in Tompiro. Las Jumanas is the name used in Spanish colonial-era documents because Jumano traders with their distinctive facial stripe tattoos were often seen there. Prior to its abandonment, Franciscan missionaries referred to the site as San Buenaventura, named for the patron saint of the pueblo. Gran Quivira is a colonial name used in modern times for the ruins of the pueblo.

The original Cueloze was a circular pueblo whose rooms radiated out from a central plaza. After the traumatic defeat of Zuñi pueblo and the death of many of its religious leaders in the summer of 1540, the result of the extraordinarily cruel and disastrous Coronado expedition of 1540–1542, sizable groups of refugees went east to Cueloze. Its remote location, away from the Río Grande and the main north–south trade routes, offered protection. They built a new rectangular pueblo with a series of plazas on top of the old circular one, to whose hidden rooms and central kiva they had secret access. Since there was no source of permanent flowing water near the pueblo, dry farming of corn, beans, and squash depended on the rains, which were intermittent in the high desert. But its strategic location—at the edge of the Great Plains, near the salt lakes—gave them control of the lucrative salt trade for many generations. In the seventeenth century, the relationship between Pueblo Indians and Spanish colonists was difficult and, ultimately, devastating. The character of Paf Sheuri allows us to see this history, and her culture

and values, through her eyes and to understand them in her words, rather than through those of the Spanish soldiers and chroniclers who would later write about them. We hope to have done her and her pueblo some justice.

The fictional Paf Sheuri's story is contained within this book, but Sor María's history continues outside these pages and, indeed, well beyond the Lady in Blue's legacy. Our Sor María is based, as much as possible, on what she wrote about her mystical travel experiences, on ideas about the heavens attributed to her, and on the history and sociology of rural 1600s Spain. María Coronel de Arana, who would later become Sor María de Jesús, was born in 1602 in the town of Ágreda in the Spanish province of Soria. Her parents, Catalina and Francisco, were landowners who found themselves in precarious straits. Catalina was inspired through mystical visions to donate the family estate to the church. When Sor María was a young woman, the family parted ways: Francisco and the two sons joined Franciscan communities, while Catalina, María, and María's sister Jerónima took religious vows and remained in the family's former home, which became a convent. *Sisters in Blue* is set several years later, after María became Soror (Sister) María de Jesús and found her life wholly limited by the walls of her convent. It was around this time that her *arrobos* (spiritual raptures) began to take her to northern New Spain and New Mexico.

Today, the best-known accounts of Sor María's travels are those by Fray Benavides: his 1630 and 1634 *Memoriales* and the 1631 letter that he wrote with Sor María. The letter assured friars in New Mexico that Sor María had visited the tribes there many times; that she had observed the friars working; and that the Franciscan order, to which they belonged, was especially favored in their mission efforts. Fray Benavides also noted that the veil Sor María wore when she visited the Jumanos emitted a particular scent that

comforted his spirit (Colahan 110). Anticipating that the friars would wonder why she did not appear to them, Fray Benavides explained that they had no need to see her to develop their faith, but the Jumanos did.

Later in her life Sor María was compelled by the Spanish Inquisition to testify and write about her perspective on her New Mexico travels. Her report to Padre Pedro Manero reveals many details. She told of a light inside of her that had guided her since she was a girl and had continued to grow throughout her life. In visiting the tribes in New Mexico, she said she communicated with and came to know the people there but did not feel she could explain how exactly this had happened (Colahan 119). In fact, she suggested that since St. Paul could not describe how he was carried up to Heaven, how was she to explain the nature of her travels to New Mexico? (Colahan 121). On two points she was absolutely clear—her voyages had indeed happened, and they were motivated by good intentions (Colahan 121).

Though Fray Benavides wrote that Sor María left a variety of religious items during her travels to New Mexico, Sor María recalled leaving rosaries behind (Colahan 122). Rock crystal–bead rosaries like the one in our story were popular in seventeenth-century Spain, as were double-armed crosses like the Lorraine cross from southern France and the Caravaca cross from Murcia. Today, in the museum of Sor María's convent, there is a silver double-winged cross of the kind shared by our two sisters in blue. In New Mexico the "dragonfly cross" or "wounded sacred-heart cross" is still a popular design in the silver, turquoise, and coral jewelry of Isleta Pueblo, just across the mountains from the Cueloze ruins.

In the midst of these events, Sor María was writing a great deal. She wrote, burned, and then rewrote what would become her best-known work, *The*

Mystical City of God, a biography of the Virgin Mary, miraculously dictated to the nun. Published in 1670, after Sor María's death, the book was immediately both praised and criticized, chiefly because it discussed a theological idea that was hotly debated at the time—the Immaculate Conception of Mary. Sor María was also credited with a mystical, cosmological study about the heavenly spheres sometimes called *Face of the Earth*, which was recopied and read. The reader may hear some echoes of that text in our story. At special colleges for missionaries in Mexico, Franciscan friars not only learned about the Sor María who had converted the Jumanos in New Mexico, their professors also instructed them in her writings.

For the Franciscan mission friars on the northern frontiers of New Spain, Sor María was a respected author as well as a model for how they behaved as missionaries. In some cases, her example moderated their evangelical strategies. In early eighteenth-century New Mexico, Fray Antonio Miranda recommended that Hopi and Navajo tribes be allowed to retain some of their cultural practices, such as body painting and using backpacks, in the face of political pressure to forbid them. He viewed recent converts as tender plants in a fertile garden to be carefully cultivated, an idea he attributed to Sor María. Likewise, Franciscan friars in Guatemala based a request to reduce the number of soldiers at their missions on a recommendation from Sor María that soldiers at missions be few, but of good moral stature and behavior. And for the famous Franciscan missionary Fray Junípero Serra, Sor María was a muse in many ways. Serra not only avidly read her writing throughout his life, her influence followed him to his missions in Mexico and California, where her image was engraved on a mission church he oversaw, and her books filled the shelves of the libraries at the California missions he founded.

A body of folklore grew out of Sor María's legacy for the missionaries

and people of New Mexico, Texas, Arizona, and California. In San Antonio, according to local legend, the Lady in Blue lived in tunnels under the Alamo and brought the gift of leadership to one young woman each generation. Lore has it that she spread the famous bluebonnet flowers across Texas as a remembrance of her last visit. In New Mexico, it is said that some paint their doors and window frames blue in her memory. All of these tales are part of the Lady in Blue's long history in the Southwest.

In recent years there has been a groundswell of interest in and devotion to Sor María among the modern-day mestizo descendants of the Jumanos. Several pilgrimages to the Salinas Pueblo missions recently occurred in New Mexico, attended by advocates for her cause for beatification. Though there is limited cultural memory of her among Pueblo groups, interest in the Lady in Blue as a religious figure is growing.

Our imagined exchange between María and Paf Sheuri is a necessary conversation across time and space. Each character perceives the presence of the other through the most ineffable of human senses: smell. They acknowledge each other's parallel experiences as young women striving for the best in difficult times. The gifts they share are especially poignant. The interchanging of roasted corn and wheat bread symbolizes the greater Columbian exchange of domestic plants that changed the world's agriculture. Their spiritual gifts are doubly meaningful. The double-armed cross that María gives Paf Sheuri is the mystical sign that "as above, so below," an idea especially significant to the bilocating nun. But it is also the form of the sacred dragonfly, depicted on Pueblo rock art and pottery, a sign of the proximity and promise of water. Paf Sheuri would likely have seen Christian crosses, and she appreciates the dual signification. María realizes that the eagle feather that Paf Sheuri gives her is sacred, and she begins to understand it is the symbol of the far-ranging and

all-seeing bird whose flight links earth with the heavens. But she also sees it as an instrument of writing, grasping that writing will be her path to inspiration and to freedom.

Our story is an open-ended conversation based on the conviction that where there is intercultural dialogue, understanding and hope can follow. We want to give voice to the protagonists from the heart of the legend. Their stories and perspectives as women and Native peoples are often erased from or misrepresented in histories and legends.

Like the narrative of the Lady in Blue, our story's ending is open, and we leave it to the reader to consider. The history of seventeenth-century New Mexico ended tragically. Cueloze Pueblo was ultimately abandoned after severe droughts and Apache attacks brought starvation and misery. Its people migrated west to the Río Grande valley to join their relatives, the Piros and Tiwas. The relationship between the Spanish and the indigenous peoples of New Mexico deteriorated. The Spanish colonizers extracted annual forced tributes of food, labor, and trade goods from the pueblos, and they persecuted Native religious leaders. The great Pueblo rebellions of 1680 successfully challenged Spanish authority across New Mexico and northern New Spain. Defeated soldiers, colonists, and missionaries retreated to Spanish settlements in El Paso and Durango for more than a decade.

After they returned in 1693, more tragic conflicts continued. But in the 1700s, when the expanding Comanche nation of the southern Great Plains began to dominate trade and prevailed in warfare in New Mexico, new alliances were forged between the Pueblos and the Spanish Mexicans, and an era of greater respect and mutual tolerance was born.

Cultivando leyendas y conectando lugares

La historia detrás del encuentro de Sor María y Paf Sheuri

ANNA M. NOGAR

Como la celebrada Monja Azul de Nuevo México, Sor María de Jesús de Ágreda, fue una leyenda en su propio tiempo y es un desafío entender su importancia histórica desde nuestros tiempos. En el Nuevo México colonial, los mitos y leyendas como las fabulosas ciudades de Cíbola y la fuente de la juventud en la Florida motivaron las expediciones de exploración y colonización y otros eventos históricos. Los misioneros franciscanos que trabajaban en Nuevo México en los 1600s cuidadosamente preparaban reportes que frecuentemente incluían milagros, para dar credibilidad e importancia a sus labores. En las décadas y los siglos después de la muerte de Sor María en 1665, su leyenda ha evolucionado en la historia y el folklore, emergiendo de las primeras crónicas escritas, para tomar su propia vida creativa. *Las Hermanas Azules*, nuestro cuento de la primera visita de Sor María a Nuevo México, continúa en esta vena, pero se informa de las fuentes históricas primarias y el beneficio de una perspectiva del siglo 21. Este ensayo ofrece un trasfondo histórico para contextualizar este cuento imaginado.

Un sacerdote español que vivía en Nuevo México, Alonso de Benavides,

reportó en 1629 que una mujer joven que parecía una monja visitó una tribu llamada los jumanos, enseñándoles sobre el cristianismo. Según Fray Benavides, la mujer aconsejó a la tribu a buscar a los frailes misioneros en Nuevo México que los bautizaran y los instruyeran. Fray Benavides escribió que cuando mandó a dos frailes a la tierra de los jumanos cerca de la confluencia del Río Grande y el Río Conchos, la tribu los recibió con crucitas hechas de palos, haciendo la señal de la cruz y pidiendo ser bautizados: evidencia, dijo, de una visitación milagrosa. Cuando Fray Benavides viajó a España en 1630 para presentar su memorial al rey español, también visitó la aldea de Ágreda, donde los llanos del este de Castilla dan a las montañas de Aragón. Allí se encontró con Sor María en su convento. Durante su conversación, se convenció de que la joven monja enclaustrada había visitado Nuevo México y que era la mujer que había preparado a los jumanos para la conversión. Escribió una carta a los frailes en Nuevo México, diciéndoles lo mismo y sor María, obedientemente cumpliendo con los órdenes de sus superiores varones, la firmó. De los 1630s en adelante, la Monja Azul formó parte de la historia de Nuevo México y sus regiones vecinas.

Nuestro cuento se lleva a cabo en Ágreda y Cueloze el 24 de junio de 1620, la fiesta de San Juan Bautista, que coincide con las fiestas de pleno verano y solsticio de los pueblos de todo el mundo. Sor María escribió que durante sus viajes espirituales no sabía exactamente a donde fue llevada, ni como. En sus visiones, vio paisajes maravillosos habitados por gente con quien todavía no se había relacionado. En nuestro cuento, viaja a Cueloze durante su fiesta de pleno verano, donde encuentra a una joven indígena, Paf Sheuri o Flor Azul. Las dos comparten una conversación que abarca sus dos lenguas, el castellano y el tompiro, una

de las lenguas tano habladas en los tiempos coloniales y pre-coloniales de Nuevo México que después desapareció.

Por cierto no había ninguna Paf Sheuri, ni nadie como ella en la historia oficial de la Monja Azul. Ella es el producto de nuestra imaginación, derivada del conocimiento etnográfico y antropológico sobre la gente de los pueblos de las Salinas, nombrados así por las lagunas de sal en lo que hoy se llama el valle de Estancia. Cueloze / Las Jumanas / San Buenaventura / Gran Quivira son cuatro nombres usados para identificar su pueblo particular. El primero puede significar "Manantial del Escudo" en tompiro. Las Jumanas es el nombre usado en los documentos españoles de la colonia porque los comerciantes jumanos con sus tatuajes rayados de la cara se veían por allí con frecuencia. Antes de su abandono, los misioneros franciscanos se referían al sitio como San Buenaventura, nombrado por el santo patrón del pueblo. Gran Quivira es un nombre colonial usado en tiempos modernos para las ruinas del pueblo.

El Cueloze original era un pueblo circular cuyas habitaciones radiaban de una plaza central. Después de la derrota traumática del pueblo de Zuñi y la muerte de muchos de sus jefes religiosos en el verano del 1540, el resultado del cruel y extraordinariamente desastrosa expedición de Coronado de 1540–1542, grupos grandes de refugiados fueron al este a Cueloze. Su ubicación remota lejos del Río Grande y las rutas de comercio entre norte y sur les ofrecían protección. Construyeron un nuevo pueblo rectangular con una serie de plazas encima del pueblo circular, con acceso secreto a habitaciones escondidas y la antigua plaza central. Como no había una fuente permanente de agua corriente cerca del pueblo, la agricultura de maíz, frijoles y calabazas dependía del temporal, las escasas e infrecuentes lluvias del alto desierto. Pero su ubicación estratégica en la orilla de las Grandes Llanuras, cerca de las lagunas salineras les dio control del comercio lucrativo de sal por muchas

generaciones. En el siglo 17, la relación entre los indígenas pueblo y los colonos españoles fue difícil y devastador al final. El personaje de Paf Sheuri nos permite ver esta historia y su cultura y valores, a través de sus ojos y para entenderlos por sus propias palabras en vez de las de los soldados y cronistas españoles que después escribían de ellos. Esperamos que nuestro homenaje a ella y su pueblo haya tenido éxito.

La ficción del cuento de Paf Sheuri se contiene en este libro, pero la historia de Sor María continúa independientemente de estas páginas y más allá del legado de la Monja Azul. Nuestra Sor María se basa tanto como sea posible en lo que ella escribió de sus experiencias de viajes místicos, en ideas sobre el cosmos atribuidas a ella y en la historia y sociología de la España rural de los 1600s. María Coronel de Arana, que después se hizo Sor María de Jesús, nació en 1602 en el pueblo de Ágreda, en la provincia española de Soria. Sus padres Catalina y Francisco eran terratenientes que se encontraban en una situación precaria. Catalina se inspiró en sus visiones místicas para donar la estancia de la familia a la iglesia. Cuando Sor María era una joven, la familia se desparramó: Francisco y los dos hijos ingresaron a comunidades religiosas mientras Catalina, María y su hermana Jerónima tomaron votos religiosos y se quedaron en la antigua casona que se convirtió en convento. *Hermanas de Azul* tiene lugar algunos años después, cuando María se hizo soror (hermana) María de Jesús y encontró su nueva vida totalmente dentro de los muros de su convento. En estos tiempos empezaron sus *arrobos* (o éxtasis espirituales) que la llevaron al norte de la Nueva España y Nuevo México.

Hoy en día, los relatos mejor conocidos de los viajes de Sor María son los de Fray Benavides: sus *Memoriales* de 1630 y 1634 y la carta que escribió con Sor María en 1631. La carta aseguraba a los frailes en Nuevo México que Sor María había visitado muchas veces a las tribus allí; que había observado

a los hermanos trabajando y que el orden franciscano al que pertenecían era especialmente favorecido para las labores misioneras. Fray Benavides también notó que el velo que Sor María usaba cuando visitó a los jumanos emanaba una fragancia particular que confortaba el espíritu (Colahan 110). Anticipando las preguntas de los frailes sobre por qué no se les aparecía a ellos, Fray Benavides les explicó que no necesitaban verla para desarrollar su fe, pero a los jumanos sí.

Más tarde en su vida, Sor María fue obligada por la Inquisición Española para testificar y escribir de su perspectiva de sus viajes a Nuevo México. Su reporte al padre Pedro Manero revela muchos detalles. Habló de una luz dentro de ella que la había guiado desde que era niña y continuaba a crecer por toda su vida. Visitando las tribus de Nuevo México, decía que se comunicaba con la gente y llegó a conocerles, pero que no podía explicar exactamente como había pasado (Colahan 119). De hecho, sugirió que como San Pablo no podía describir cómo fue llevado al cielo, ¿cómo podía ella explicar la naturaleza de sus viajes a Nuevo México? (Colahan 121). Quedó absolutamente claro sobre dos puntos: que sus viajes sin duda pasaron y que fueron motivados por intenciones buenas (Colahan 121).

Aunque Fray Benavides escribió que Sor María dejó una variedad de artículos religiosos durante sus viajes a Nuevo México, Sor María recordaba haber dejado rosarios (Colahan 122). Los rosarios de cuentas de cristal de piedra como el de nuestro cuento eran populares en el siglo 17 en España, como eran las cruces de dos brazos, como la cruz de Lorraine del sur de Francia y la cruz de Caravaca de Murcia. Hoy día en el museo del convento de Sor María, hay una cruz de plata de dos alas como la que compartieron nuestras hermanas azules. En Nuevo México, la "cruz de libélula" o la "cruz del sagrado corazón herido" es todavía popular como diseño en la joyería de plata, turquesa y coral del pueblo de Isleta, al otro lado de la sierra de las ruinas de Cueloze.

Rodeada de estos eventos, Sor María estaba escribiendo mucho. Ella escribió, quemó y escribió de nuevo lo que llegó a ser su obra mejor conocida: *La mística ciudad de dios*, una biografía de la Virgen María, milagrosamente dictada a la monja. Publicado en 1670 después de la muerte de Sor María, el libro fue inmediatamente elogiado y criticado, porque presentaba una idea teológica muy discutida en ese entonces: la Inmaculada Concepción de María. A Sor María también se le atribuye un estudio místico de las esferas celestiales llamado *Tratado de la redondez del mundo*, que fue recopilado y leído. El lector puede escuchar los ecos de ese texto en nuestro cuento. En colegios especiales para misioneros en México, los frailes franciscanos no solamente aprendían de que Sor María que había convertido los jumanos en Nuevo México, sus profesores les instruían con sus mismos escritos.

Para los frailes franciscanos de las misiones de las fronteras norteñas de la Nueva España, Sor María era una autora respetada y también un modelo del comportamiento misionero. En algunos casos, su ejemplo moderaba sus estrategias evangélicas. En Nuevo México a principios del siglo 18, Fray Antonio Miranda recomendó que se les permitiera a las tribus Hopi y Navajo continuar algunas prácticas culturales, como la pintura del cuerpo y el uso de mochilas, frente a presiones políticas para prohibirlos. El veía a los recién convertidos como plantas tiernas en un fértil jardín para ser cuidadosamente cultivados, una idea que atribuía a Sor Mária. Los frailes franciscanos en Guatemala de igual manera basaron una petición para bajar el número de soldados en sus misiones en una recomendación de Sor María que los soldados fueran pocos, pero de buen carácter y comportamiento. Y para el famoso misionero franciscano Fray Junípero Serra, Sor María fue una musa en muchos sentidos. Serra no solo era lector entusiasta de sus escritos por toda su vida, su influencia le siguío a sus misiones en México y California, donde su imagen fue grabada en una iglesia de misión a su cargo y sus libros llenaron los estantes de las bibliotecas en las misiones de California que él fundó.

Una tradición de folklore emergió de la presencia de Sor María para los misioneros y la gente de Nuevo México, Texas, Arizona y California. En San Antonio, según una leyenda local, la Monja Azul vivía en túneles debajo del Álamo y prestaba el don del liderazgo a una joven de cada generación. Otra leyenda dice que fue ella que sembró la famosa flor silvestre de Tejas, el lupín, como recuerdo de su última visita. En Nuevo México, se dice que hay gente que pinta los marcos de sus puertas y ventanas azul en su memoria. Todas estas leyendas son parte de la larga historia de la Monja Azul en el Suroeste.

En años recientes ha habido un creciente interés y devoción para Sor María entre los actuales descendientes mestizos de los jumanos. Algunas peregrinaciones a las misiones de los pueblos de las salinas se han celebrado recientemente en Nuevo México, concurridos por los que apoyan su beatificación. Aunque solamente hay una limitada memoria cultural de ella entre los grupos contemporáneos de los pueblos, el interés en la Monja Azul como figura religiosa está creciendo.

Nuestro intercambio imaginado entre María y Paf Sheruri es una necesaria conversación a través del tiempo y el espacio. Cada personaje siente la presencia de la otra por el sentido humano más inefable: el olfato. Reconocen sus experiencias paralelas como mujeres jóvenes buscando lo mejor en tiempos difíciles. Los regalos que comparten son especialmente conmovedores. El intercambio de maíz tostado y pan de trigo simboliza el gran intercambio colombino de plantas domésticas que cambió la agricultura del mundo. Sus regalos espirituales son doblemente significativos. La cruz de dos brazos que María le da a Paf Sheuri es la seña mística que unifica "lo de arriba y lo de abajo," una idea especialmente importante para la monja bilocadora. Pero es también la forma de la libélula sagrada retratada en los petroglifos y la cerámica, la seña de la proximidad y promesa del agua. Paf Sheuri probablemente habría visto cruces cristianas y apreciado la significación dual. María se da cuenta que la pluma de águila que le da a Paf Sheuri

es sagrada y comienza a comprender que es el símbolo del ave que conoce todo y ve todo, cuyo vuelo vincula la tierra con los cielos. Pero también la ve como instrumento de escritura, entendiendo que la escritura sería su camino a la inspiración y la libertad.

Nuestro cuento es un diálogo abierto basado en la convicción que donde hay diálogo intercultural, el entendimiento sigue y también la esperanza. Queremos dar voz a las protagonistas desde el corazón de la leyenda. Sus historias y perspectivas como mujeres y gente indígena con frecuencia son borradas o representadas de manera errónea en historias y leyendas.

Como la narrativa de la Monja Azul, el final de nuestro cuento es abierto y lo dejamos para la consideración de los lectores. La historia de Nuevo México del siglo 17 terminó trágicamente. El pueblo de Cueloze al final fue abandonado después de severas sequías y los ataques de los apaches trajeron miseria y hambre. Su gente migró hacia el oeste al valle del Río Grande para juntarse con sus parientes, los piros y tiwas. La relación entre los españoles y las gentes indígenas de Nuevo México se deterioró. Los colonos españoles demandaban tributos forzados anuales de comida, labor y mercancía de los pueblos y perseguían a los jefes religiosos indígenas. Las grandes rebeliones de los pueblos de 1680 exitosamente retaron la autoridad española por todo Nuevo México y el norte de la Nueva España. Los soldados, colonos y misioneros derrotados se refugiaron en los poblados españoles de El Paso y Durango por más de una década.

Después de volver en 1693, continuaban más conflictos trágicos. Pero en los 1700s, cuando la expansiva nación comanche de las grandes llanuras del sur empezó a dominar el comercio y prevalecer en la guerra en Nuevo México, se forjaron nuevas alianzas entre los pueblos y los españoles mexicanos y nació una era de creciente respeto y tolerancia mutua.

Glossary / Glosario

acequias (Spanish, fr. Arabic): Irrigation canals.

Ágreda (Spanish, fr. ancient Íbero language): Town in eastern Soria province, Spain, "place where many Íbero tribes gather."

albaricoques (Spanish, fr. Arabic): Apricots, called chabacanes in Mexico (*Prunus aemeniaca*).

alpargatas (Spanish, fr. Arabic): Rope-soled sandals, common in central and southern Spain.

"Ana jeya jo, ena, jeyana jo": Common vocables typical of Native American syllable singing.

arrobos (Spanish, fr. German): Spiritual ecstasies.

arroyo (Spanish, fr. Latin): River bed, wet or dry.

baile del pañuelo: Dance of the scarf, popular for centuries throughout the Hispanic world.

caballo (Spanish, fr. Latin): Horse (*Equus caballus*).

capulín (Spanish, fr. Náhuatl): Chokecherry, wild cherry (*Prunus virginiana*).

Castilla (Spanish, fr. Latin): Castille, Spain, land of the castles.

chamizales (Spanish, fr. Galician): Stands of chamiza, sage, and rabbit brush, varied species.

chaquegüe (Tewa): Blue corn mush.

chile (Spanish, from Náhuatl): Pungent chile, chilli (*Capsicum annuum*).

chimajá (Tewa): Wild parsley (*Cymopterus fendleri*).

chiri (Southern Tiwa): Chile (Spanish, from Náhuatl), pungent chile, chilli (*Capsicum annuum*).

cibulu (Southern Tiwa): North American bison (*Bison bison*).

concho (Spanish, fr. Quechua): White flint corn.

Cruz de Caravaca (Spanish, fr. Latin): Double-armed, patriarchal-style cross from Murcia, Spain.

Cruz de Lorena (Spanish fr. French): Double-armed cross from southern France.

Cuacu (Keres): Metal People, Spanish / Hispano people.

cuadrillas (Spanish, fr. Latin): Square dances, popular for centuries, first as a court dance, then as a folk dance.

Cueloze (Tompiro): Shield Springs, the original name of a Tompiro Pueblo in the Salinas District, abandoned due to drought in the 1670s. The Spanish called the Pueblo Los Jumanos/as because this tribal group often visited. Franciscan friars called it San Buenaventura after the patron saint of its church. The Americans call it Gran Quivira, a pre-Hispanic name.

"Que Dios te cuide siempre": "May God keep you always."

dulzainas (Spanish, fr. ancient French): Double-reed instrument played vertically, a rustic oboe.

España (Spanish, fr. Latin, *Hispania*): Spain, "land of the rabbits."

guayabes (Spanish, fr. Tewa, *buwayabe*): Blue corn–rolled paper bread, *piki* (Hopi), *hewe* (Zuni).

guerras (Spanish, fr. German): Wars.

i'yeh (Southern Tiwa): Corn, maize (*Zea mays*).

i'yeh paf (Southern Tiwa): Blue corn.

i'yeh shure (Southern Tiwa): Yellow corn.

"jau, 'a-k'u-wa-nia" (Southern Tiwa): "Hello, may you live well."

Jumano (Spanish, fr. New Mexican Native languages): Native group and language from the area of the confluence of the Río Grande and Río Conchos, affiliated with Puebloan peoples. Their language disappeared as other indigenous groups absorbed them.

katsina (Hopi): Ancestral spirits represented in various figurative anthropomorphic forms and played by masked dancers in rituals.

Keres (Keres): A Tanoan language spoken by Puebloan peoples from the Pueblos of Acoma, Cochití, Laguna, San Felipe, Santa Ana, Kewa (Santo Domingo), and Zía Pueblos.

kiva (Hopi): A round or square Pueblo Indian ceremonial structure often partly underground.

lavanda (Spanish, fr. French): Lavender flowers and bush, medicinal herb (*Lavandula oficinalis*).

libélula (Spanish, fr. Latin): Dragonfly (*Libelluloidea*, many species).

lupín / lupino (Spanish, fr. Latin): Lupine, a blue wildflower common in mountain and prairie areas of the Southwest. Texas bluebonnet (*Lupinus texensis*) is the state flower of Texas and symbolizes the memory of María de Ágreda, the Lady in Blue.

maíz (Spanish, fr. Taíno): Corn (*Zea mays*).

manta (Spanish, fr. Latin): Women's dress or cape, and the type of woven cotton cloth from which it is made.

manzana / manzano (Spanish, fr. Latin): Apple / apple tree (*Malus domestica*).

Ndé: Apache people and the Athabascan language that they speak.

orégano (Spanish, fr. Latin): European oregano (*Origanum vulgare*).

orégano de la sierra (Spanish, fr. Latin): Mountain oregano from New Mexico, bee-balm (*Monarda menthaefolia*). Same name, familiar but more minty scent, same location and uses.

orejones (Spanish, fr. Latin): Dried apple slices, literally "large ears."

oshá (Tewa): Wild mountain celery from New Mexico (*Ligusticum porter*). A widely popular herbal remedy and sacred plant. A closely related species is found in Spain is called *levístico* (*Levisticum officinale*) or *apio del monte* (mountain celery) and is found in similar mountain environments.

Paf Sheuri (Southern Tiwa): Blue Flower, woman's name.

palabra (Spanish, fr. Latin and Greek): Word.

pastelitos (Spanish, fr. old French): Little baked pies.

pimentón (Spanish, fr. Latin): Sweet Spanish paprika pepper, smoked, dried, and powdered when used as a spice (*Capsicum annuum*).

pininí (Northern Tiwa): Small-eared popcorn.

piñón (Spanish, fr. Latin): Pine nut, pine nut tree (*Pinus edulis*).

Piro (Piro): A Tanoan language formerly spoken by Puebloan peoples that formerly lived in the area of Socorro, in central New Mexico. It survived into the early twentieth century.

plagas (Spanish, fr. Latin): Plagues, epidemics.

pluma (Spanish, fr. Latin): Feather.

pululú (Northern Tiwa): Wild plum (*Prunus Americana*).

romero (Spanish, fr. Latin): Rosemary flowers and bush, spice and medicinal herb (*Rosmarinus officinalis*).

rosario (Spanish, fr. Latin *rosarium*): Garland of roses; the Dominican rosary, a series of Catholic prayers, counted with strung beads and a crucifix. The rose is the symbol and flower of the Virgin Mary.

salinas (Spanish, fr. Latin): Salt lakes or flats.

santos (Spanish, fr. Latin): Christian saints and artistic depictions of saints.

Shurpoyo (Southern Tiwa): Colors of the Dawn, a colorful name.

Sor / Soror (Latin): sister.

t'au (Southern Tiwa): Piñón nut (*Pinus edulis*).

tday-she-khoda (Tiwa): Dragonfly (*Libelluloidea*, many species).

Tewa (Tewa): A Tanoan language spoken by Puebloan peoples from the Pueblos of Ohkay Owingeh (San Juan), Santa Clara, San Ildefonso, Pojoaque, Nambé, and Tesuque in New Mexico.

Tiguex (Tiwa): Valley of the Tiwas, location of Alburquerque and neighboring towns, plus Isleta and Sandía Pueblos, New Mexico.

tinaja (Spanish, fr. Latin): Rock cavity or large ceramic container to store water.

Tiwa (Tiwa): A Tanoan language spoken by Puebloan peoples from the Pueblos of Taos and Picurís in the north and Sandía and Isleta in the south of New Mexico.

Tompiro (Tompiro): A Tanoan language related to Piro and Southern Tiwa, formerly spoken in Spanish colonial times by Puebloan peoples from several Pueblos spoken in the Salinas (salt lake) District of New Mexico, east of the Río Grande Valley and near the Manzano mountains. When the pueblos were abandoned due to drought, the people joined their cousins to the west.

vísperas (Spanish, fr. Latin): Vespers, the night before a feast day.

xlafah pah (Southern Tiwa): Spanish melon, watermelon.

xlafan (Southern Tiwa): Hairy face, Spanish.

Zuni (Zuni): A Puebloan isolate language (spoken in one Pueblo) and a people in western New Mexico who call themselves *Shiwi*.

Etymologies / Etimologías

Cobos, Rubén. *A Dictionary of New Mexico and Southern Colorado Spanish.* Santa Fe: Museum of New Mexico Press, 1983.

Cortés y López, don Miguel. *Diccionario geográfico-histórica de la España antigua, tárraconense, bética y lusitana.* Vol. 2. Madrid: Imprenta Real, 1836.

Espinosa, Aurelio. "Spanish Traditions Among the Pueblo Indians." In *The Folklore of Spain in the American Southwest: Traditional Spanish Folk Literature in Northern New Mexico and Southern Colorado*, edited by J. Manuel Espinosa, 240–50. Norman: University of Oklahoma Press, 1985.

Real Academia Española. *Diccionario de la lengua española.* Madrid: Real Academia Española, 1984.

Santamaría, Francisco Javier, and Joaquín García Icazalceta. *Diccionario de mejicanismos.* México: Porrúa, 1959.

Bibliography / Bibliografía

Benavides, Alonso de. *The Memorial of Fray Alonso De Benavides, 1630*. Edited by Frederick Webb Hodge and Charles Fletcher Lummis. Translated by Emma Augusta Burbank Ayer. Chicago, IL: R. R. Donnelley and Sons Co., 1916.

Colahan, Clark A. *The Visions of Sor María de Agreda: Writing Knowledge and Power*. Tucson: University of Arizona Press, 1994.

Fedewa, Marilyn H. *María of Ágreda: Mystical Lady in Blue*. Albuquerque: University of New Mexico Press, 2009.

Gilpin, Kelley Hays. *Ambiguous Images: Gender and Rock Art*. Walnut Creek, CA: AltaMira Press, 2004.

Graves, William M. "Social Identity and the Internal Organization of the Jumanos Pueblos Settlement Cluster in the Salinas District, Central New Mexico." In *The Protohistoric Pueblo World, A. D. 1275–1600*, edited by E. Charles Adams and Andrew I. Duff, 43–52. Tucson: University of Arizona Press, 2004.

Kessell, John. *Pueblos, Spaniards, and the Kingdom of New Mexico*. Norman: University of Oklahoma Press, 2010.

Murphy, Dan. *Salinas Pueblo Missions: Abó, Quarai, Gran Quivira*. Tucson, AZ: Southwest Parks and Monuments Association, 1993.

Nogar, Anna. *Quill and Cross in the Borderlands: The Writing and Travels of Sor María de Ágreda, 1628–2015*. South Bend, IN: University of Notre Dame Press, 2017.

Ortiz, Alfonso. *New Perspectives on the Pueblos*. Albuquerque: University of New Mexico Press, 1972.